……今さらですが、
あなたのことを信じることにします
貴族
嬢。
俺にだけ
なつく
Aristocratic daughters got used to me.

ルーナ・ペレンメル

Luna=Peremmer

わたしはあなた以外の方と遊ぶつもりはありませんよ

「本食いの才女と呼ばれる貴族令嬢。自分の時間を大事にし、誰の誘いも断ることで有名だったが……？」

べ、別にあなたに
褒められたいがために
言ったわけじゃないわよ

エレナ・ルクレール

Elena=Leclerc

「紅花姫という愛称を持つ令嬢。その端麗な容姿から数多くの求婚を受けているという」

CONTENTS

貴族令嬢。俺にだけなつく

夏乃実

ファンタジア文庫

3264

口絵・本文イラスト　GreeN

貴族令嬢。俺にだけなつく

Aristocratic daughters got used to me.

プロローグ

夜中の一時。電灯のない山道を進む一台のバイク。

視界の頼りになるのは、ほんの少しばかり届いている月明かりに、ヘッドライトの二つ。

「相変わらず暗いよなぁ、ここ。道ももう少し整備してくれたら助かるのに……」

バイクを運転する男は独り言を漏らしながら、一定のスピードを保って進み続けていた。

この道は職場から自宅へ帰るまでの一番の近道。不満はあれど毎度のように通っている道なのだ。

「はあ。早く帰って寝なきゃ。明日も残業だし……」

男は若き社会人であり、一般的に社畜と呼ばれる人間でもある。

今日も今日とて変わらぬ日常を送っていたが、日常とは事故や災害にて一瞬に崩れ去るもの。

残念ながら、この男にとって今日がその日だった。

「──なっ⁉」

唐突のこと。男は目を見開く。

視界に映ったのは森から道路に飛び出してきた影。ヘッドライトに照らされ、露《あら》わになったのは一匹の猫。

「ちょ‼」

姿を確認した瞬間、反射的にハンドルを右に切って避《よ》けようとする。

しかし、その行動はいいようには転がらなかった。少なくとも自分にだけは。

「あっ……」

気の抜けた声。自ら状況を理解した時にはもう遅かった。目と鼻の先には落下防止のガードレール。

そこからは想像する時間も、考える時間もなにもなかった。

スローモーションの感覚に襲われる中、頭に浮かぶのは『死ぬ』の二文字。

バイクの前輪は勢いのままガードレールに衝突し、強い衝撃が襲うと同時に後輪が持ち上がる。投げ出された体はバイクと共に宙を舞い、崖下に飛ばされるのだ。

「ッ‼」

全てを理解した時には、抗《あらが》うことすら不可能である。

「あぁぁあああああああああ――――！」

絶叫を上げて何秒が過ぎただろう……。男は体を叩《たた》きつけられる衝撃を受け、最期《さいご》を迎えたのだ。

――が、しかし。

「ああああああっ‼‼」

先ほどの現実が続いているように声を上げ、すぐさま飛び上がった男はすぐおかしなことに気づく。

「……ん⁉　ん？　え？」

崖から落ちたはずの体は健全。いや、それどころか普段から見慣れていた体はどこか細く、腕に日焼けもない。

「……は？　な、なんだこれ。なんなんだ⁉」

身を包んでいるのは柔らかい生地のパジャマ。そして、今いる場所は体を大の字にしてもスペースが有り余る大きなベッドの上。

「い、いやいや……。いやいやいやいやいや……」

理解が追いつかない。先ほどまでバイクを運転し、事故を起こした。その記憶があるのにも拘《かかわ》らず、目を覚ました場所が違う。

「なにが、どうなってるんだ……？」

困惑のままにベッドから下り、不安を抱えたまま床に足をつけると寝室を見回す。

そんな時、視界に入ったのは派手な装飾がされた姿見に映る自分。

「――ッ⁉」

それを見た途端、頭が真っ白になる。

鏡に映されているのは短く整えられた茶の髪。緑の大きな瞳。鼻筋から口まで綺麗《きれい》に整った見慣れない顔。

目を思い切り擦《こす》って、もう一度確認するもなにも変わらない。

「こ、このイケメン誰だよ……。あ、ベレト君か。……ん？　って、なんで名前を……」

無意識に呟《つぶや》いた途端、全身に奇妙な感覚が駆け巡る。

「…………」

鏡に映る自分を見ながら数秒。ようやく気づくのだ。

前世の記憶。それに加え、ベレトという男のぼんやりとした記憶。

この二つが混在していることに。

（う、嘘《うそ》だこれ……。こんなことってあるのかよ……。憑依《ひょうい》っていうか転生？　してるんだけど……）

なぜこのような現象が起きたのか、到底説明のしようがない。

非現実的な現状に襲われるも……それほどパニックに陥ってもいない。

ベレトの記憶が上手に作用しているからか、困惑していることが『転生した』ことの一つしかないのだ。

それ以外のことはなんだってわかる。

ここがギーゼルペインという国であること。

日本という国は存在していないこと。

侯爵家の一人息子、ベレトが十八歳の学生であること。

両親は別の領地の開拓に出かけていて、今ある領地は祖父と祖母が代わりに管理していること。

自分に仕えている侍女《じじょ》がいること etc.

「本当、変な感覚だ……。えっと、とりあえずこれから朝ご飯を食べる時間か……。ご飯を食べ終わったら学園にもいかないと……」

今置かれている状況を記憶から引き出し、冷静に組み立てていく。

本音を言えば、ゆっくり時間をかけて頭の中を整理したいが、休むことで注目を浴びるような真似《まね》はしたくない。

「ひとまずはこのまま過ごす以外にないよな……。今の状況を説明しても誰にも理解されないだろうし……」

今は様子見。そんな考えを固めた時である。

『コンコン』

「ッ⁉」

タイミングよく廊下に繋《つな》がる両開きのドアがノックされ、声が聞こえてきた。

「べ、ベレト様。朝でございます……」

ドアの奥からか細く、遠慮がちな声が。

(この声は侍女のシアさんか……。忙しいだろうに毎日起こしにきてくれるなんて、本当に頑張ってるよな……)

仕事だから当たり前。そうは思わない。敬意を表しながら返事をしようとした矢先、脳裏に一筋の電流が走ったのだ。

＊＊＊

メイド服に身を包んだ小柄な女の子。

ピンクリボンで結んだおさげの黄白色の髪。くりくりとした青の瞳。

少し幼さの残る顔立ちをした彼女、シアに対し、眉間にシワを寄せたベレトは向かい合っていた。

『ねえシア。今日は声をかける時間が遅いけど、一体なにしてたの？　俺の専属侍女だってことわかってる？　君は』

『も、申し訳ございませんっ……！　で、ですが、時間通りにノックをしましてベレト様はお返事を――』

『はあ。二度寝したことすら考えられないなんて思わなかったよ』

『っ』

ベレトは高圧的な態度のまま、嫌味たらしく言う。

『相変わらず使えないよね、君は。そろそろ別の人に替えるよ、本当』

『申し訳ございません……！　ど、どうかそれだけは……それだけは……』

『それもう何回も聞いてるんだけど？　いい加減ちゃんとしてくれよ。使えない侍女なんかいるだけ無駄なんだから』

『次こそは必ずお力になれるよう頑張りますのでお許しください……。申し訳ございませんでした……』

理不尽なことを言われても、深々と頭を下げて謝罪していた。

彼女の家系は、代々この家系の従者として務める使命を持っている。

そんなシアの年齢は十六。ベレトの二つ下であり、同じレイヴェルワーツ学園に通う生徒でもあり、一生懸命支えてくれている相手である。……も、高圧的な態度を取り続け、恐怖を与えて生活させていたのだ。

ベレトは位の高い侯爵家の跡継ぎであることと、反抗してくるような相手がいないに等しいことで天狗《てんぐ》になっていた。

その結果、周りからは『傲慢《ごうまん》で性悪な男』と噂《うわさ》されていること。

その全てが頭の中に流れてきたのだ。

第一章　専属侍女

（いやいやいやいや、なにしてくれてんの⁉　このベレト君は！）

専属侍女、シアに対して行ってきた過去。日常的に理不尽に当たっていた事実に驚愕《きょうがく》する。

正直、言葉も出てこないほどだった。

「あの……。べ、ベレト様……？」

「あ！　ああ。起きてるよ」

ドアの向こうから再度、起床の確認をするシアの声を聞いて我に返る。

気のせいならどれだけよかっただろうか……。彼女の怯《おび》えが声色で伝わってくる。

今の自分にできることは、これ以上怖がらせないようにすることだろう……。できる限り優しい声を意識して言葉を発する。

「シア、入って」

「は、はい。失礼いたします……」

その言葉を聞いて、彼女はビクビクしながら寝室に入ってきた。

メイド服に身を包み、ピンクリボンで結んだおさげの黄白色の髪。くりくりとした青の瞳。

小さめの身長と少し幼さの残る顔立ち。

——記憶の中の姿と同じであり、紅茶の載ったトレーを持っていた。

転生して初めて顔を合わせる彼女だが、気まずさや接しにくさも感じないのは不思議な感覚だ。

「ベレト様！　お、おはようございます……！」

「うん、シアもおはよう」

「っ!?　あ、あの、おはようございます！」

「う、うん？　おはよう」

挨拶をされるとは予想してなかったのか、視線を彷徨《さまよ》わせた後、もう一度頭を下げてきた。

「あ……あの、紅茶をお持ちしたのですが、お飲みになります……か？」

「うん。せっかくだからいただくよ」

「あ、ありがとうございますっ！」

「え？　あ、あぁ……うん」

『かしこまりました』のような理解を示す返事ならわかるが、このお礼は絶対におかしい。

いや、おかしな返事をするようになった原因は明白だ。

（はあ……。朝早くからこんなに一生懸命働いてくれている子を虐《いじ》めてたとか、ベレト君最低じゃん……）

心の底からそう思うも、今のベレトは自分である。なんとも言えない複雑な感情が襲ってくる。

そのモヤモヤを振り払うように、ぎこちないながらも笑顔を作って頭を下げるのだ。

「いつもありがとね、シア。凄《すご》く助かってるよ」

気持ちがしっかり伝わるように、声のボリュームも上げて。

しかし、この行動は今行うべきことじゃなかった。それに気づくのは、頭を上げた瞬間である。

「え——」

目に映ったのは、唖然《あぜん》とした表情のシアが、手に持つトレーを放す光景。

普段から攻撃的で、威圧的で、尽くされるのが当たり前だと思っていた男が、絶対にお礼など言わなかった男が、今日突然頭を下げたのだ。

天地がひっくり返ったように驚くのは当たり前のことで——。

『ガチャン‼』

カップが割れる音が部屋に響き渡り、破片が飛び散る。湯気が立っていた紅茶が床に広がっていく。

「……」

「……」

静寂が支配した寝室。呆気《あっけ》に取られて固まる自分とは対照的に、シアはいち早く我に返った。

「たっ、たたたた大変申し訳ございませんっ！　すぐに処理を‼」

「ちょっとストップ！　命令！」

「は、はひっ⁉」

真っ青な顔で割れたガラスを拾おうとしゃがみ込み、焦《あせ》りまくるままに手を伸ばした彼女を慌てて制止する。

(慌てた状態で拾わせたら、指先血だらけになってたよな……間違いなく)

想像しただけで鳥肌が立ってくる。

(って、命令しただけでそんなに萎縮しなくても……)

返事で噛《か》むというのは相当のこと。それだけ怯えている証拠である。

「えっと、危ないからここは俺に任せて」

「ぁ……」

冷静な状態ならまだしも、今の状態で片付けさせるわけにはいかない。

また、こうも取り乱しているのは今までのベレトの行いが原因。自分がお礼を言ったことでミスを誘発させてしまった。

全ての責任がシアにあるわけではない。

率先して散ったカップの破片をトレーの上に集め、小物置きに置かれたペーパーで紅茶を拭き取っていく。

途中、シアの様子をチラッと窺《うかが》えば、涙を溜《た》めながら体を震え上がらせていた。

(本当、酷い環境だったんだな……)

悲しいことに、これが普段から彼女に酷いことをしてきた結果。

中身が入れ替わっているとバレないためには、今まで通りの態度を貫くのが一番だろう。

しかし、そんな扱いができるはずがない。

礼を伝えるだけで驚かれる自分を悲しく思いながら、改めて声をかける。

「シア、怪我《けが》はしてない？　火傷《やけど》は？」

「は、はい。怪我も火傷もございません……。申し訳ございません……」

「へ？」

まるで『怪我や火傷をしていた方がよかったですよね』なんて含みがあるような謝罪。

気のせいか？　なんて一瞬思ったが、今までの扱われ方を考慮すると含みがある方が正しい気がした。

「とりあえず怪我とかしてなくてよかったよ」

「……」

今の声が届いていないのか、俯《うつむ》いたまま。

（あ……。シアの立場からすれば、仕える主《あるじ》の俺に掃除をさせてしまったことも大きな責任なのかな？）

命令で止められているのだから、そう思う必要はこれっぽっちもないはずだが、立場上そうはいかないのかもしれない。

「あのさ、シア？」

「っ！」

「まあその……なんていうか、気にしないでね。ミスは誰にでもあるんだから、次からは気をつけるように。もし割ったとしても慌てず慎重に拾うようにお願いね」

「………」

理解が追いついていないような呆《ほう》けた顔を向けられる。

「えっと、とりあえず次からは気をつけるようにね」

「は、はい……。承知しました……」

普段の叱責を受けなかったことで困惑していたのだろう。悲しいことではあるが、ようやく怯え以外の表情を見ることができた。

「よし。それじゃあこのカップは俺が割ったことで話を通しておいて。俺の方もそう話を合わせるから」

「えっ、あ……そ、そんな！」

「いいからいいから」

シアが割ったのか、ベレトが割ったのか。割ったという結果は同じだが、自分が割ったと言うだけでシアが後ろ指をさされることも、周りから咎《とが》められることもない。

こんな時に立場を利用するのは、決して悪いことじゃないだろう。

「あ、あの、処罰の方は……。このカップはベレト様が愛用されているもので……」

『普段のベレト様なら』と言いたげだが、怖くてそれ以上は言えないらしい。これなら言い包《くる》めることができる。

「確かに愛用してたけど、いつかは壊れるものだから仕方ないよ」

「……」

(うんうん。おかしいよね。今まで君を虐めてきたベレトがこんなこと言うの。とりあえずその顔は傷つくよ？)

だからこそ一つだけ言いたい。できるだけ早くこっちのベレトに慣れて、と。

「とりあえずシアに怪我がなかったのが一番だよ。カップの代わりはいくらでもあるけど、シアの代わりはいないんだから」

「………」

(うんうん。やっぱりおかしいよね。今まで君を虐めてきたベレトがこんなこと言うの。どの口が言ってんだって思うよね)

なにも喋《しゃべ》ってくれない。ずっと呆けたまま。

そんな中、転生したことがバレないように、過去の辻褄《つじつま》を合わせながら言葉を選んでいく。

「そもそもカップを落とした原因って俺にあるでしょ？　普段とは違うことをしたから、みたいな」

「そ、そのようなことはございません！　私の不注意です‼」

「正直に言って大丈夫だよ。少なくとも俺にはそう思えなかったし」

「っ！」

声に力を込めたことで命令と感じたのだろう、息を呑《の》む音が聞こえる。

（いや、そんな体プルプルしなくても……。そこだけ地震が起きてるみたいじゃん……）

逆に申し訳ないと思うような有様である。

「あの、し、正直に申しますと驚いて……しまいました」

「『ありがとう』ってお礼を言ったことで？」

……………コクリ。

ものっ凄い長い間を置いて小さく頷《うなず》いた彼女は、今からなにが行われるのかとビクビクした上目遣いを見せている。

それでいて『ベレト様は一体どうしてしまったのか』なんて気持ちも伝わってくる。

ここからが自分にとっての正念場。転生したと悟られないための勝負所である。

中身が入れ替わったから、なんて言えるはずがない。

『頭がおかしくなった』と思われるのは明白。考えすぎかもしれないが、そのせいで人間扱いをされなくなるかもしれない。迫害されるかもしれないのだから。

「まあその、前と変わったでしょ？　俺って」

「……」

沈黙は肯定。この姿を見て『変わってない』と否定できるはずがない。

（今までシアを虐めてきた弁明……。理由……）

正直なところ、どんな言葉をかけていいのかわからない。謝っても許されないことを行ってきたのだから。

それでも──話を通すしかない。シアの人柄に甘えてしまうことを承知で口を開く。

「……なに一つとして許されることじゃないんだけど、今までごめん、シア。あんなことして」

「っ！」

侯爵家の跡取りが侍女に謝罪するなど、ありえないのがこの世界。

『本当にどうされたんですか⁉』なんて顔をしているが、『なんか別の人格に乗り移っちゃってるからなんだよね！ハッハッハ』なんて開き直れるはずもない。

「なんて言えばいいのかなぁ。えっと、その……」

「は、はい？」

「本当に信じられないと思うけど、その……そのね？」

返事に時間をかけながら必死に頭を回転させ、なんとか弁明を捻《ひね》り出す。

「えっと、今まで俺が厳しくしてた理由なんだけど、シアがこの家を出て、その……別の貴族の侍女とか使用人になった時、困ることがないようにしたかったんだ。仕える貴族によっては、これ以上に酷《ひど》い扱いを受けたりするから」

「……」

「学園を卒業するまでの間、シアはうちに仕えることになってるけど、その間《かん》にも侯爵家が衰退する可能性はあって、シアを手放さないといけなくなる時がくるかもしれない。だから……どんな環境になっても耐えていけるようにあんな態度を取ってて……」

　完全にベレトの尻拭いをしている自分だが、今はベレトとして生きている。これは避けられないこと。

　ベレトがシアを虐《いじ》めていた本当の理由は、『やることなすこと完璧で気に入らなかった』から。

　こんな救いようのない理由を伝えられるはずがない。

　それなら、自分で考えた理由を伝えた方がいいに決まっている。

「ま、まあ、夜会でも評判のいいシアだから余計なお世話なんだけど、仕えてもらってるからには、どんな風に転んでも責任を取らなきゃいけないから」

「……」

「そ、それでね？　その件を知人に話したら、『やりすぎだ』とか『そんなことは本人としっかり話せ』とかアドバイスをくれて、今に至ってるんだよね？」

「…………」

（うーん、苦しい。やっぱり弁明が苦しすぎる。そもそもこの状況が詰んでるんだって……。シアに至ってはなにも話してくれないし……）

真面目な顔で向かい合いながら、頭の中で考えているのはこれ。

「ベレト様……」

「うん？」

ようやく話してくれたと思えば、シアの目が潤み始めていた。

「つ、詰まるところ……ベレト様の今までのご行為は、私のことを考えてくださってのことなのですか？　私が出来損ないだからとか、そんなことではなくて……」

「そ、それはもちろん！」

（な、納得してくれたの⁉）

心の中で思ったことが口に出そうになる。

「……今までの仕事ぶりを見てたけど、シアはもうどんな環境でも立派に務めていけると思う。だからもう理不尽なことは言わないからね。俺にとってシアは自慢の侍女だよ」

「づ、う、うぅ……」

「ちょっ⁉」

我慢しきれなかったような嗚咽《おえつ》。

ずっと褒められてこなかったシアにとって、ひたむきな頑張りが報われる言葉だったのだろう。

おさげに結んだ黄白色の髪を顔の前に持ってきた彼女は、泣き声を堪《こら》え、泣き顔を見られないようにしていた。

主人の前で情けない姿を見せるわけにはいかない。そんな強い意志が伝わってくる。

「あ、あぁ……本当、辛《つら》い思いをさせてごめんね。本当にごめん。これからはこんな感じ？　で接するから。だからこれからも頼りにさせてくれる……？」

今まで酷い扱いをしてきたのだ。

こんなことを言える資格はないだろう。断られても文句は言えないだろう。信憑性《しんぴょうせい》もない言葉だろう。

それでもシアとは仲良く過ごしたい。楽しく生活したい。よい関係を築きたい。自分勝手かもしれないが、これが素直な気持ちだった。

「……シア？」

未《ま》だ髪で顔を隠している彼女の名を呼べば、この気持ちに応えてくれるように『コクン』と首を大きく縦に振ってくれた。

「ありがとうね。俺もシアが自慢できるような、立派な主人になれるように頑張るから」

「わ、私も……今以上に努力させていただきますから……」

「シアはほどほどで大丈夫だよ、うん」

(悪魔だよ。これ以上シアを頑張らせたら)

中身が入れ替わり、たったの数十分でこんな会話になるとは思わなかった。女の子に泣かれるとは思ってもみなかった。

状況を整理するまでに時間はかかったが、今までの関係より距離が縮まったのは心の底から嬉《うれ》しいことだった。


それから朝食を食べ終えた後。

(ほおー……。いや、マジか。本当凄《すご》い街並みだなこれ……)

綺麗《きれい》に整えられた石畳の道に、街の中を流れる運河。石造りやレンガ造りの民家。屋根はオレンジ色に統一され、城壁に囲まれた街はおとぎの国のような雰囲気がある。

(途中まで馬車を使う流れだったけど、これは歩いて正解だな……。普段とは違う行動を取ってはいるけど、ちゃんと根回しはしたから大丈夫なはず)

その根回しとは、『シアと歩きながらゆっくり話したい』というシンプルなもの。それでも信じてくれている分、安心して街の空気を楽しむことができている。

ベレトの記憶を持っていなければ、この街並みにもっと感動していただろうが、それでも十分に『観光している』という気持ちになれた。

周りを見渡しながら楽しんでいれば——チラチラ、チラチラと、なにか言いたげな視線をシアから向けられていたことに気づく。

「ん？　どうかしたの？　シア」

「あっ、申し訳ございません！」

気に障《さわ》ったと思ったのか、すぐ謝って下を向くも……両指先を合わせながらまた視線を送ってくる。

肩を並べて歩いているから、簡単にわかるのだ。

「ほら、また見た」

「あ、その、これはその……っ」

「あはは、別に怒ったりしないから、そんなに慌てなくてもいいよ」

普段のベレトと違うことで勝手が悪いのだろう。慣れるまで困惑するのは当然だ。

「それよりごめんんね。いつも一人で先に進んじゃって」

「と、とんでもないです！」

普段のベレトはシアのことなど目に映っていないように前を歩いていた。

半ば置いてけぼりの状態で、彼女にとっては『急いでついていく』が当たり前のスタンスだった。

しかし、今日からは違う。

シアの小さな歩幅に合わせ、隣を歩いている。

「……あの、ベレト様」

「ん？」

「わ、私のことはお気になさらないでください。ベレト様をお支えする立場の私がお気を遣わせてしまうのは……でして。それに今朝は大きな失敗もしてしまいましたから……」

「別に気を遣ってるわけじゃないよ。素はこっちだから、この方が楽なだけ」

一つ理解したことがある。シアは基本、疑うことをしないと。基本、信じてくれると。

それは、彼女の純粋な性格が関係している。曇りのない瞳がそれを証明している。

（シアみたいな子が専属侍女じゃなかったら、きっと……）

半分は疑いの眼差《まなざ》し。もう半分は軽蔑の眼差しで見られるはずだ。想像するだけで恐ろしい。

「って、シアがカップを落としてしまったのは、説明なしにいきなりお礼を言った俺のせいって話で固まったでしょ？　気にすることないよ」

お礼を言うだけで驚かれてしまう。この事実に再度悲しくなるが、我慢である。

「それに、シアが淹《い》れてくれる紅茶なら、どんなカップだって美味《おい》しいんだから」

「あ、ありがとうございます……」

「あ、はは……」

フォローに回りすぎたか、急に恥ずかしさが襲ってくる。

頬を掻《か》きながら正面を向いたその矢先、隣から聞こえてきた。

「早く慣れなきゃ……」

小さな小さな独り言が。

シアは聞こえていないと思っているのだろう。尻目に見れば嬉しそうに口元を緩めている。

このまま知らないふりをしようか迷ったが、この二人の時間こそ、仲良くなるチャンスである。

「――うん。早く慣れるようにお願いね」

「っ!?　も、申し訳ございません‼」

冗談交じりに返事をすれば、『聞こえちゃってた⁉』なんてわかりやすい表情を見せてくれる。

もし、彼女と良好な関係だったのなら、謝られることはなかっただろう。

『聞こえてましたか⁉』なんて可愛《かわい》らしい声を上げ、話題が広がっていたはずだ。

（本当、どうしてこんな子を虐めようと思ったんだか……。気に入らなかったとか意味わかんないって）

自分は関与していないが、この事実に胸が痛くなる。

「……あのさ、シア。この流れでなんだけど、一つ質問いい？」

「は、はい。なんでしょうか」

「今までの俺と、今の俺なら……どっちがいい？」

「えっ……」

一般的には後者なはず。後者なはずだが、確信がほしい。

「答えられない？」

「…………」

間が空く。回答を避けたそうであるが、命令だと捉えたのだろう。

小さな口をもごもごさせながら、どこか恥ずかしそうに答えてくれた。

「そ、それは……あの、今のお優しいベレト様の方がお慕いできます……」

「ありがとう。それならよかった」

ここで『今までのベレト様の方がよかった』なんて答えを聞いていたら、ショックで動けなくなっていたかもしれない。

今までと今の変わりようを気持ち悪がっていないかと心配していたが、杞憂《きゆう》であった。

大きな安心を得た自分は、ここで周りに目を向ける。

実は先ほどから気になっていたのだ。

同じレイヴェルワーツ学園の制服を着た学生がこちらに視線を送ってきていることに。

それも、シアに対しては憐《あわ》れみ。こちらに対しては軽蔑を含むもの……。

この状況に疑問はない。

ベレトは日頃の行いから。悪い噂《うわさ》があるから。それが答えである。

「……はあ。自分のせいなのはわかってるけど、この悪い注目の浴び方はどうにかしていきたいなぁ。ね、シア？」

「すぅー……」

「あはは、ごめんね」

意地悪な問いをしてしまった。

困ったように眉を中央に寄せたシアは、青の瞳を下に向け、回答を濁すように小さく息を吹いたのだ。

肯定すれば失礼に当たり、無視しても失礼に当たる。

どちらとも言わない立ち回りこそ、侍女としての正解であり、その手段が息吹《いぶ》きなのだろう。可愛い顔をして本当に賢い。

（本当、シアには頭が上がらないな……）

今のように悪評が広まっていても、キツく当たってきた過去があっても、嫌な顔をせずに支えてくれる。

本当に自分にはもったいなさすぎる侍女である。

「頑張らなきゃな……。いろいろと」

「あ、あの……あまり思い詰めないでくださいね。『私のために想《おも》って厳しくご指導されていた』ことはみなさんにお伝えしますから！」

「ありがとう。……って、ちょっとそれは待って！」

「はい？」

屈託のない笑顔を見せられ、流されかけるもギリギリでストップをかけることができた。

この事実を広められたら、普段以上に注目を浴びることになる。それに比例してあの苦しい言い訳を広められることにもなる。

ベレトの中身が変わっていることは、絶対にバレるわけにはいかないのだ。

「シアから率先して言うのは控えてくれると嬉しいなぁ、なんて」

（全員がシアみたいになんでも信じてくれるなら話は変わるけど、そんなことは絶対にありえないし……）

何事もないのが一番だが、そのような相手が近づいてきた場合、笑いが出るほど簡単に騙《だま》されてしまうはず。

……と、話が逸《そ》れてしまった。

「伝えてくれることは本当に嬉しいんだけど、俺が『そのように言え』って命令してるように思われるかもだからさ？　念には念を入れておきたくて」

オブラートに包んだが、『命令してる』と捉えられるに決まっているのだ。

「あっ、承知しました！　では、そのような話題になった時にだけお伝えするようにいたします！」

「ありがとう」

「ベレト様、私にご協力できることがありましたら、なんなりとお申し付けください」

「わかった。その時はよろしくね」

「はいっ！」

小動物感があるからか、はたまた小さな体で懸命に支えようとしてくれているからか、笑顔も可愛いからか、頭を撫《な》でたくなる衝動に襲われる。

もちろん自制する。

（まあ、これからは静かに過ごすことを第一に心がけよう……。これ以上、悪い噂を広げないように……みたいな）

転生した今、まずは穏便に過ごすように立ち回るのが一番だろう。

そう心の中で結論づけ、歩き続けることさらに十五分。

白の外壁に紺の屋根。城と言っても遜色ない立派な建物、レイヴェルワーツ学園に辿《たど》り着く。

（ほ、本当にここが学園なのか……）

白の正門は大きく、見上げるほど高い。

莫大《ばくだい》な敷地面積を誇る学園の周りには均等に木々が立ち、華を添える花々に噴水まである。

歩道は石造りで綺麗《きれい》に整備され、正門には四人の衛兵も配属されていた。

（さすがは貴族が通っている場所だけあるなぁ……。入っていいか躊躇《ためら》うくらいの豪華さ

だし）

この世に住んでいない人間からすれば、学園だと判断するのは困難だろう。

そんなことを思いながら門を潜《くぐ》り、広い敷地を進んで校舎に入っていく。

「あ、そうそう。今日は時間も時間だから、教室まで見送らなくて大丈夫」

「かしこまりました！」

彼女と自分は学年が違う。貴族と従者の立場でもある。学ぶ場所は同じではないのだ。

「今日もお互いに勉強頑張ろうね」

「はい！　あっ、ベレト様。一つご確認したいことが……」

「なに？」

「本日のご昼食は何になさいますか？　先にお取りして、いつもの場所にお運びしておきますので」

「ああ……。それなんだけど、今日からそこら辺のことは自分でするから、シアは友達となりなんなりと自由に過ごしていいよ。学園の中じゃ学園生活を一番に楽しむように。もちろん学園外ではこれまで通り頼らせてもらうけど」

「よ、よろしいのですか？」

「よろしいです。これはシアが今まで頑張ってくれたご褒美《ほうび》でもあるから」

それっぽいことを言ってみるが、実際には自分がそうしたいだけ。

周りから嫌われているベレトはいつも一人で過ごしていた。その暇な時間を潰すために、そして……わざと忙しくさせるためにシアを使っていた。

大食堂でご飯を食べればいいものを、わざわざ別の場所に指定して仕事を増やしたり、用事もないのに呼び出したり、ケチをつけてやり直しをさせていたり。

本当にロクでもないことばかりしている。

(とりあえずシアの仕事を減らしてあげないと……。これじゃ体に負担かかりまくりだし、このままだと悪い噂は酷《ひど》くなる一方だろうし……)

頭を回転させるのはもう止《や》める。

シアに視線を送れば、口を少し開けて固まっていた。本当に衝撃的な内容だったのだろう。

「『早く慣れなきゃ』って言ってくれたのにな……？」

「も、申し訳ございません……！」

「あっ、本気じゃないからね!?　責めてないからね!?　早く慣れようとしてくれてるだけで俺は本当に嬉《うれ》しいから」

冗談が通じないのも過去のベレトが招いた結果である。胸が苦しくなるが、自分まで落ち込めば、シアはさらに責任を感じるかもしれない。ここは平常心を保つことにする。

「そんなわけで、これからのことも把握よろしく。もしもの時は呼ばせてもらうけど、その時はごめんね」

「と、とんでもございません！　その際にはいつでもお呼びください！」

ブンブンと両手を振って必死にアピールしてくれる。これだけでたくさんの元気をもらえる。

「あはは。それじゃあ、放課後にまた」

「はいっ！　お待ちしております！」

名残惜しいが、この言葉を最後に別れる。

シアは綺麗な佇《たたず》まいを保って最後まで見送ってくれた。

「さて、頑張るぞ……」

『学園の中じゃ学園生活を一番に楽しんで』と言い切った手前、これから先の時間はシアを頼ることは好ましくない。いや、頼るべきじゃないだろう。

覚悟に気合を入れて教室に向かうも、その気持ちは一瞬にして揺さぶられることになった。

「……ま、まさかこれほどとは」

絶望の声が思わず口に出てしまった場所はクラスルームの中。

自分が教室に入った時から気づくことが複数あった。

一つ。楽しそうに雑談をしていたクラスメイトが無言になったこと。

二つ。誰も目を合わせようとしないこと。

三つ。自席に座れば、その周りに壁が発生したように背を向けて距離を置かれること。

こうして誰も関わろうとしないのは、ベレトに目をつけられないように、酷いことをされないようにするための対策なのだろう。

（こ、これは心にくるな……。元凶を作ったベレト君はなんで平気だったんだか……）

理解できないメンタルだ。

想定していた以上の酷い現状を知り、今すぐにでもシアを頼りたくなるが……ここは我慢するしかない。

「こ、これは大変な一日になりそうだな……」

心の声が思わず声に出てしまうのだった。

＊＊＊＊

ベレトが一人、現実に打ちひしがれている頃。

「お、おいおい！　あそこ、あそこ！　あのエレナ様がいるぞ」

「お前なあ、そんな期待させるような冗談はよしてくれ」

「いや、本当だって。そこ、そこ！」

「あ……」

「見つけた瞬間見惚《みと》れるなよ……」

学園の正門を抜けた先では、たくさんの注目を浴びている生徒がいた。

「ん……。今日は少し遅れちゃったわね」

レイヴェルワーツ学園に併設された、大きな時計塔を見て呟《つぶや》く彼女の名は、エレナ・ルクレール。

彼女を象徴するのは腰まで伸びた明るい赤色の髪。

紫の目はシャープで、細く筋の通った鼻にピンク色の薄い唇。細い首には黒のチョーカーを巻いている。

エレナは上流貴族と呼ばれる伯爵家の娘でありながら、その身分を笠《かさ》に着ることなく、下の者から慕われ、多くの信頼を得ている人物。

容姿端麗で人格も良い彼女は、今日もまた羨望《せんぼう》の視線を浴びながら、クラスルームに向かっていく。そんな矢先だった。

親友の姿を視界に入れ、紫の瞳を大きくして声をかけるのだ。

「あら、ごきげんようシア。偶然ね」

「あっ！　おはようございます、エレナ様っ！」

そう。その親友こそベレトの専属侍女《じじょ》、シアである。

シアは笑みを浮かべながら早足で駆け寄っていく。

侯爵家の侍女と伯爵家の娘。一見なんの繋《つな》がりもないかと思われるが、学園外で行われる貴族のイベント……晩餐《ばんさん》会などでは絶対と言っていいほど顔を合わせる間柄。

純粋なシアと立場を気にしないエレナは相性がよく、お互いに気を許している仲なのだ。

「本日は少しゆっくりとしたご登校ですね。お体の方は大丈夫ですか？」

「ふふっ、もちろん大丈夫よ。心配ありがとう」

登校時間が遅いだけでここまで考えられるのは、シアが優秀な証《あかし》。

「実は弟からの相談に乗っていたの。それでこの時間に」

「あっ、そのようなご事情があったのですね。私もエレナ様のように頼られるようもっと頑張らなきゃ……です！」

「なにを言っているのよ。あなたは毎日のように頼られているじゃない」

「わ、私はまだまだ全然ですからっ」

「ふふっ、そんなことないと思うのだけどね」

小さな手を全力で振って否定している姿を見るエレナは、上品に口に手を当てて、面白おかしそうに目を細める。

「あなたとお話しすると本当に元気がもらえるわ。ちょうどよくお花摘みに出かけてくれたこと感謝しておくわね」

「っ……。ど、どうしてそれを……」

「だってこっちの方向はお手洗いだし、手を拭いたであろうハンカチがポケットから飛び出しているもの。あなたがそんなミスをするなんて珍しいわね？」

「ぁ……あっ⁉」

指摘を受け、目線を落とした瞬間、シアの顔は真っ赤に染まる。

アワアワしながら人間業とは思えないほどのスピードでハンカチを押し込み、証拠を隠滅させて言葉を繋ぐのだ。

「も、もう少し小さなお声で教えてほしかったですっ！　男の方に聞かれてしまったではないですかぁ……」

「ご、ごめんなさいね。本当に珍しかったからつい」

やんわりと責めた口調を使うシアと、反省をしながらもどこか楽しそうにしているエレナ。

改めて仲の良さが窺《うかが》えるだろう。

「それで、シアはなにか考えごとでもしていたの？　それとも嬉しいことがあったのかしら」

「は、はいっ！　今朝にとても嬉しいことがありまして……！」

青の瞳をキラキラ輝かせ、シアは即答する。

「なんだか聞いてほしそうな顔をしてるわね。ふふ、もしよかったら教えてくれる？」

「あ、ありがとうございます！」

まるで妹の世話を焼くように姿勢を少し傾けるエレナは、目を細めて聞く体勢に入る。

「あのですね、あのですねっ！　今朝のことなんですけど、ベレト様が私のことを褒めてくださったんです‼」

「えっ？」

「私の口からお話しするのは恥ずかしいんですけど……『立派だ』とか『自慢の侍女』とかですっ！」

「…………」

「思い返してみたら本当に嬉しくなってしまって……。早く気持ちの切り替えをしないといけないことはわかっているのですが……えへへ」

両手を頬に当てるシアは、なんとも幸せそうに顔を綻《ほころ》ばせている。

昨日までベレトから一度も褒められたことはなかったのだ。怒られたり、叱責され続けていたのだ。

舞い上がってしまうのは当然のこと。その一方、エレナは理解が追いついていなかった。

「シ、シア？　もう一度だけ確認させてくれる？　ベレトが……褒めたの？　あのベレトが『自慢の侍女』とか褒めてくれたの？」

「そうなんです！　頑張ったご褒美《ほうび》に、とのことで本日からランチのお勤めもなくなりました。学園生活を一番に楽しむように、と」

「そ、そう……。それはよかったね」

シアが幸せオーラを醸《かも》し出している中、エレナは引きつった顔でなんとか言葉を返していた。

ベレトの悪い噂《うわさ》はエレナにも届いている。学園で侍女を使い走りにしていることも知っている。

それにも拘《かかわ》らず、この変わり様。不気味の一言なのだ。

「あのですね！　実はそれ以外にも嬉《うれ》しいことがありまして！」

「な、なにかしら」

「これは情けないお話にもなってしまうのですが、今朝、私のミスでベレト様が大事にしておられたカップを割ってしまいまして……」

「えっ？　それは大変じゃないの！　大丈夫だったの？」

主人の、特にお気に入りにしているカップを割ってしまうのは、エレナですら庇《かば》いきれないミスである。

ベレトの性格を考えたら、なにをしでかしてもおかしくない事態だが――。

「はいっ！　ベレト様は私が破片で指を切らないよう、代わりに拾ってくださったんです。『自分が割ったことにするから』と、庇ってもくださって」

「は、はあ!?」

「おこがましいことですけど、こんなことをしていただけるとドキッとしてしまいますよね……えへへ。あっ、これは内緒でお願いしますっ！」

「え、ええ。わかったわ……」

両手の指先を重ね合わせ、熱のこもった声を発するシアに、エレナはとうとう頭がパンクする。

（一体、なにを考えているのよ……アイツは）

今までの素行との矛盾。

恐怖と優しさを交互に与えることで、洗脳しようとしているような——。

この件は、エレナに嫌な予感を感じさせる出来事だった。

第二章　紅花姫《こうかひめ》

(やっぱり心細い……。もう逃げ出したい……)

避けられている状況に、警戒するような視線にやられ続ける今。

こんなことを思いながら、一人、最初の授業がある教室に移動した矢先のこと。

「——ほら、こっち座りなさいよ。席探しているんでしょ?」

「……」

「あなたよ、あなた」

「え? 俺?」

「あなた以外にいないでしょ?」

「ま、まあ……」

席を探していたところで声をかけられた。今日、初めて声をかけられた。手招きもされた。

戸惑いから、急に嬉しさが湧いてくる。

この貴重な体験をさせてくれたのは、一番後ろの席に座っていた赤髪の令嬢——。

（あの人は……エレナさんだな。記憶を探るに、ベレト君とはあまり仲良くないみたいだけど……）

「なによその気の抜けた返事。あたしの隣で授業を受けるのは不満なのかしら」

「いや、そうじゃなくて、不思議だなって」

「あのねえ……。シアへの態度をいきなり変えて、雰囲気まで変えたあなたには言われたくないわよ。あなたにだけは」

「あ、あはは。それは確かに……。とりあえず隣座らせてもらうよ」

一声かけて腰を下ろすと、彼女がつけているジャスミンのような香水が匂ってきた。

「あ、俺の態度が変わったことはシアから聞いたの？　実際、シアしか知らないことだろうし」

「さて、それはどうでしょうね。本当のことを言えばあなた怒るでしょ」

「別にそんなことないよ」

「ふんっ、信じられないわ。だから教えてあげない」

「それは残念」

シアの話題になった途端、ツンとした態度が増した。

エレナはシアと仲がいい。そんなシアを乱暴に扱っているベレトは警戒の対象なのだろ

う。

(危険人物として見られてるのは傷つくけど、シアのことをちゃんと考えてくれてるのは嬉しいな……)

なんとも言えない気持ちに包まれるが、後者の嬉しさの方が勝った。

「……あのさ、エレナ。ちょっと聞きたいことがあるんだけど」

「なによ」

「もしかしてエレナも友達いないの?」

「は、はあ?」

唐突な話題でもあったからか、紫の目を見開いている。無論、こちらは挑発をしているわけではない。

(あまり仲良くないから、このくらい失礼な方が距離感的には合ってるはず……)

これでも不自然にならないように、考えて立ち回っているのだ。

「あまり気にしてなかったけど、思い返せばいつも一人で授業を受けてるからさ」

「それはあなたにも当てはまっていることだけど。もしかして、あたしがあなたと同類だとでも言いたいのかしら」

ムッと圧のある顔を向けられる。綺麗《きれい》な顔立ちをしているからか、その表情ですら魅力が増している気がする。

「いや、純粋な疑問。毎日いろんな人に声をかけられてるのにな……って。俺みたいに嫌われているわけでもないじゃん？」

「それ皮肉じゃないでしょうね」

「さすがにね」

エレナが人気者だというのは記憶にある。

数多くの求婚をされていることは有名で、綺麗な赤髪と綺麗な容姿から『紅花姫《こうかひめ》』なんて愛称も付けられているほど。

「って、この件に関して皮肉とか言える立場じゃないでしょ。俺は」

「ふふふっ、確かにそうだったわね。くふふっ」

「笑いすぎ」

「ご、ごめんなさい。あなたの自虐は面白いわね。初めて聞いたからかしら」

「それはどうも……」

全くもって嬉しくない褒め言葉である。

半目を作って、『それで？』と話の続きを促せば、エレナは真面目な表情になって話を戻した。

「……まあ、いくら声をかけられようとも、友達と呼べる相手が少ないのは否定しないわ。『伯爵』の爵位を怖がる人も多いから。と言ってもあたしの友達は特権を持っていない人ばかりだけど」

「へえ？」

特権を持っていないとは、貴族の人間ではないということ。

「貴族にしては珍しいでしょ？」

「裏を返せば、貴族の友達を作ろうと思わなかった。もしくは作ろうとしてないってなるのか」

「頭だけは切れるわよね、あなたって」

『正解』と言うように微笑が浮かんだ。

「あたしは作ろうとしていないの。このレイヴェルワーツ学園の校訓に反する貴族ばかりだから。あなたもそっち側の人間だから直接言いたくなかったけど」

「えっと、その校訓ってなんだっけ？」

「知らないのなら、なおさら憤慨するでしょうね」

と、悟ったような顔でエレナは言った。

「『全生徒が平等な立場』よ」

「おー、なるほどね」

（攻めた校訓だと思うけど、さすがは教育機関だなぁ）

ベレトの記憶にない辺り、機能しているとは言えない校訓だろうが、悪い内容ではない。

「……あ、あれ？　『なるほど』じゃないでしょ？　つ、つまり！　伯爵家のあたしも、侯爵家のあなたも一般の生徒になるようなものよ？」

「わかりやすく言えばそうなるよね」

「……」

「……」

無言のまま数秒が経《た》ち、呆気《あっけ》に取られたようなエレナは再度口を開いた。

「も、もういいから正直に言いなさいよ。文句あるでしょ？　みんなのように反発しなさいよ」

「反発するほどのこと？」

「な、なら嫌な言い方をしてあげる。この校訓は偉い地位が剥奪されているようなものよ？　一般の生徒があなたのことを『ベレト』と呼んでもいいってことよ？」

「学園では、でしょ？　なら問題はないよ」

「っ！」

「そもそも偉いのは俺達の両親であって俺達じゃないし、身分が低くても優れた能力を持つ人はたくさんいるし。学園内で反発するのはそこを認めたくない貴族じゃない？」

「な、なっ……」

『なんであたしと同じ意見なの⁉』と言いたいのか、頓狂な声が漏れている。

「あ、あなた……あなたねえ。あたしと友達になりたいからって、思ってもいない嘘《うそ》をつかないでちょうだい」

「そんなつもりないって。普通に考えたら学び舎《や》に貴族うんぬんの上下関係はいらないでしょ。勉強の邪魔になるだけなんだから」

「そ、それは……」

エレナの瞳孔が揺れている。動転したように言葉を失っていた……が。

「い、いや……。やっぱりあなたの言ってることは嘘よ。矛盾しているもの」

「矛盾？」

「そうよ。だってあなたはシアを散々コキ使っているじゃない。お昼は毎日のように取りにいかせて、用事もないのに意地悪するように呼び出して。今の地位がなければできないことを平然としていたわよね」

「ああ、それは……」

（——確かに。って俺が言うようなこと、本来のベレト君が言うわけないじゃん……！

自分から怪しまれるようなことを言うなんて……）

自身の考えを述べていただけについつい忘れてしまっていた。

エレナがずっと驚いていた理由をやっと理解した。

（いや、それよりも今はシアをコキ使ってた理由を考えないと……）

「……」

「ほら、やっぱり出まかせじゃない。矛盾に答えられていないし。どうせ変なことを企《たくら》んでいるんでしょ」

「いやぁ……？　言おうか迷っただけだけどー」

「ふうん？　なら答えてみなさいよ」

「別に……その、いいけどー…………」

返事に時間を使いながら、必死に頭を働かせる。

そのおかげで一つ、矛盾のない理由を考えることができた。

「コホン、これから言うことは内緒にしてよ。特にシアには」

「わかったから早く答えなさい」

「はいはい。コキ使ってた理由だけど……この学園には多くの貴族が在籍してるでしょ。

もっと言えばシアのような従者兼生徒も多くいて、『全生徒が平等な立場』の校訓には否定派が多い」

「そもそもあなたは校訓知らなかったわよね」

「ッ、それは知らないふりしてただけ。否定派だと思われてた方が楽だし。だから教えられても普通の反応だったわけ」

「ふーん。なるほどね」

(——あ、危な！)

冷や汗が出る。

「それで？　続きは」

「校訓に否定派が多い中、シアを最初から自由にさせてたら、貴族から反感を買うでしょ？　俺じゃなくてシアに『調子乗んな』って」

「……」

「最悪、同じ従者から嫉妬や恨みを買う可能性もある。『お前だけなんでそんなに自由なんだ』って」

「そ、それは間違いではないわね……」

細いあごに手を当てて考え込むエレナ。

さすがは『紅花姫』と呼ばれているだけあって、これ一つで絵になっている。

「ん？　でも、あなたは結局自由にさせたのよね？　筋が通っているとは思えないのだけど」

「そ、それは……『めちゃくちゃ厳しくしてる』ことが全員に広まったって判断したから。これなら『自由になれてよかったね』で済まされるだろうし、厳しくされた土台があってあの性格なら、あとはもう周りから可愛がられるだけでしょ？　もし反発するような相手が出てきても周りが守ってくれるよ」

（本当、こんなことをよく即席で考えられたなぁ……。ベレトの地頭のおかげかな？）

自分で言っておいてビックリする。

「あ、あなたそこまで考えて立ち回っていたの？　って、シアを苦労させないもっと別の立ち回りがあったでしょ。間違いなく」

「シアを成長させるには、俺が鬼になるのが一番だと判断したよ。苦労せずに成長する人はいないんだから」

「そ、それはそうだけど……」

エレナの言いたいことはわかっている。『今までのやり方は常識外の苦労の与え方』だと。

『常識内の苦労の与え方があったはず』だと。

正直、これは正論だろう。

反論のしようがなかったから、極論で答えた。

「俺はこれが主人としての責任の取り方だと思ったし、実際に厳しくしたことで得られるものはあったと思ってるよ」

「……否定しないわ。シアが立派になったのは、あなたが厳しくした賜物《たまもの》よ。だけど褒められた行動だとは思わないわ。あなたは短期間で成長させるために厳しくしたんでしょ？　別に長期間で成長させる方針でもよかったじゃない」

「……ま、まあね。シアには悪いことをしたと思ってるよ」

エレナは信じてくれているが、今まで言ったことは全て出まかせ。罪悪感に襲われる。

ベレトはシアを虐《いじ》めていただけ。その中でも一生懸命シアが頑張り『成長』がついてきただけなのだ。

「わかってくれるのならいいのよ。これからは優しく接してくれるんでしょ？」

「うん。どこの貴族に仕えても立派に務めてくれるって判断したから」

「その判断は遅すぎるわよ」

「そうかもね……」

ベレトの行いを正当化させるのは心苦しいが、複雑な事情を抱えているために仕方がなかった。

「まあ、優しく接してくれるのなら、あたしが目くじらを立てることはないわ。でも、シアが悪いことをしたらちゃんと叱りなさいよ？　甘やかすことと、優しくすることは全く違うんだから」

「悪いことはしないよ。シアは」

「そ、そう思っていたのなら、なおさら辛《つら》かったんじゃないの？　厳しく接したのは」

「(ベレト君がしてきた事実を受け止めることが) 辛かった」

「……はあ。不器用って可哀想《かわいそう》ね。少しくらいあたしに相談してくれたらよかったのに」

ため息を吐《つ》いたと思えば、憐《あわ》れみの視線を向けられる。

「慣れないことをして、シアに厳しく当たるから悪い噂《うわさ》が広がっちゃうのよ。今の話を聞いて、あることないこと大袈裟《おおげさ》に言いふらされていることが想像つくわ」

「さ、さあ、それはどうだろ」

「なによ。パッとしない返事ね」

(だってベレト君は天狗になってたわけだし……)

なんてもどかしい気持ちは心の中で完結させる。

「ま、まあ、そんなわけだから、これからもシアのことよろしくお願いね」

「それは頼まれてあげないわよ？　義務で付き合うつもりはこれっぽっちもないから」

「カッコいいこと言っちゃって」

「ふふっ、事実だもの」

　長かった弁明がようやく終わった。なんとか納得してもらうことに成功した。

　エレナとの関係が拗《こじ》れなかったことにも安心である。

「……ふう。それにしても驚いたわ。あなたがこっち側の人間だったなんて」

「肯定派なこと？　校訓の」

「ええ。もしこのことを誰かに教えたら、あごが外れるようなリアクションを取ってくれるわよ」

「へえ、それはいいこと聞いた」

　首に巻いたチョーカーに触れながらニコニコ笑うエレナに、冗談っぽくニヤリとした笑みを返してみる。

「あ、これは今思ったことなんだけど、なんでエレナも肯定派なの？　エレナだって身分高いのに」

「今さら？」

「ま、まあ、ふと気になって」

当たり前のツッコミだよなぁ……なんて苦笑いを浮かべながら返せば、彼女は軽く教えてくれた。

「特に深い意味はないわよ。庶民に寄り添うことこそ貴族の在り方だもの。これを言うとプライドの高い貴族は怒るけど、貴族は庶民に支えてもらわなければ成り立たないものでしょ?」

「ほう……。それは確かに」

「あとは個人的な理由になるけど、多くの人と仲良くなれたら……って思っているの。そのためにも差別は必要ないのよ」

「ははっ、そっか。それはエレナらしい理由で」

「ね、ねえ。そんなに笑わなくてもいいじゃない……」

「ごめんごめん。でも納得したよ」

と、このキリのいいタイミングで――。

『ゴーン』と学園の鐘が響き渡り、廊下で待機していたのだろう、教諭が入ってきた。

「ね、ねえベレト……?」

エレナのおずおずとした声を聞いたのは、教諭による出席確認中のこと。

「あ、ありがとね……。ほんの少し、ほんの少しだけ嬉《うれ》しかったわ」

「ん？　嬉しかったってなにが？」

「校訓のことよ……。貴族はみんなして否定するばかりだったから……」

「別にお礼を言われることじゃないよ。当たり前のことを言っただけだしさ」

「っ、そうよね……。ありがとう……」

「どういたしまして？」

校訓になにか思うところがあるのだろうか、この時間でエレナと少し仲良くなれたような気がした。


「ふう、やっと終わった……」

時は過ぎ、四限の授業が終了した。

次に迎えるのはランチを含んだ昼休憩である。

「あなた……とんでもない集中力だったわね。周りも驚いていたわよ。真面目に取り組んでもいたから」

「まあ、授業の邪魔したらペンで刺されそうだったし。誰かさんから」

一応、違和感を持たれすぎないように軽口で誤魔化しておく。

ベルトの中身が変わっている今、授業中に迷惑をかけるような真似《まね》はしない。いや、真似できないのが実情である。

「ふーん。気のせいかしら。『ペンで刺されそう』って言葉、あたしを指して言ったのように聞こえたけど」

「そんなつもりはないけどなー」

「あらそう？　勘違いをごめんなさいね。でもその件なら安心してよさそうよ。悪魔を攻撃する人なんていないもの」

「誰が悪魔だ」

「ふふっ、あなたが先に失礼なことを言うからよ」

「それを言われたらそうだけど」

レイヴェルワーツ学園の校訓である『全生徒が平等な立場』を肯定してからのこと。エレナとの距離は時間が経《た》てば経つほど縮まっていた。

授業中は毎度、隣に誘われるくらいに。

真面目にノートを取っていれば、イタズラで下手っぴながらも少し可愛《かわい》い絵を描いてくるくらいに。

「『それを言われたらそうだけど』って、やっぱりあたしを指して言ってたんじゃない。

本当に刺しちゃうわよ？」

未《ま》だ手に持っているペンの持ち手を瞬時に変えた彼女は、万年筆のように尖《とが》った先端を向けてくる。

『すみませんでした』

と、冗談交じりに両手を上げて降参の意を示せば、『それでいいのよ』と言わんばかりに微笑《ほほえ》んだ。

「それはそうと、あなたに聞きたいことがあるんだけど」

「なに？」

「今日のランチはどうするのよ。シアを頼らないんでしょ？」

「ああ、俺はぼちぼち過ごすよ」

「ぼちぼちって？」

「ぼちぼちはぼちぼち」

彼女には言えない。『ランチは抜きにしようと考えている』と。

抜きにする理由は一つ。

（ただでさえ周りから距離を取られてるのに、さらに人が集まる場所にいくようなメンタル、俺にはないんだよな……）

大食堂に着いた瞬間、蜘蛛《くも》の子を散らすようにみんなが去っていく不吉な光景が想像できてしまう。

大袈裟に考えているだけかもしれないが、そうなってしまう可能性が十分あるだけに気軽に足を踏み入れられる場所じゃないのだ。

『最初からそう考えてたなら、ランチだけでもシアを頼ればよかったのに……』なんてツッコミはもっともだが、今まで酷《ひど》い扱いをしてきただけに、そんな気持ちは湧かなかった。

少しでも自由な時間を作ることで、友達と楽しい時間を過ごしてほしかったのだ。

「もしかしてあなた、大食堂の利用方法を知らないんじゃないの？　シアに頼りっぱなしだったから」

「さすがにそれは知ってるって。メニュー見て注文するだけ」

「あら、じゃあ一体なにを誤魔化そうとしているのかしらね」

眉を寄せて「ん～」っと、数秒考え始めたエレナは、パッと顔を上げた。

「ベレト。もしよかったらあたし達と一緒にランチする？」

「え？」

「今日はシアとお食事する予定なのよ。あたしとシアが相手なら、あなたも気を遣わないでしょ？」

確かに気を遣うメンバーではない。それでも首を横に振る。

「お誘いは嬉しいけど遠慮しとくよ。『自由にしていい』ってシアを送りだした手前、俺が一緒にいたら驚くだろうし、シアに気を遣わせることにもなるし」

「でも、喜びもするわよね？」

「はい？」

「違うの？」

「違うでしょ」

キョトンと目を大きくしているエレナ。冗談ではなく、本気でわかっていない様子。

「自分でこんなことを言うのもなんだけど、喜ばれる理由がわからないし」

「――ぷ」

途端、笑いを堪《こら》えたのか、風船のように頬が膨らんだ。

「いやだからさ、仲のいいエレナならまだしも、俺がいて喜ばれる理由がわからないわけ。俺がいたら嫌でしょ」

「ぷっ、ふふふっ。だからそんな真顔で自虐を言わないでちょうだいよ」

「笑いすぎだって。傷つくんだよそれ」

「ご、ごめんなさい、本当」

朝もこんなやり取りをしたような気がする。

ツボに入っているのにも拘《かかわ》らず、上品に笑い続けられるのは育ちの良さだろう。自分に真似できるかわからない。

「こ、こほん。もう大丈夫よ」

「そうですか」

咳払《せきばら》いをして落ち着かせ、真顔に戻っているものの、大きく笑ったせいで日焼けのない顔は火照《ほて》っていた。

「あたしの意見で申し訳ないけど、今のあなたならシアは喜ぶと思うわよ。今朝だってあなたのこと嬉しそうに話してたくらいだから」

「へえ？　仮にそうだったとしても、気を遣わせるのは間違いないでしょ。自由にさせたからには伸び伸びしてほしいから」

「……」

この思いが全てである。

「あなた……やっぱり変わったわよね。あっ！　もしかしてシアの可愛さに気づいて好きになっちゃったのかしら？」

「好きってより尊敬だよ」

「そ、尊敬？」

「うん。だって凄《すご》いでしょ？　俺よりも年下なのに毎日朝早く起きて、いろいろ支度して、どんな文句を言われても腐らずに一生懸命やり遂げて、さらには学業もこなして。それが仕事だとしても、俺には真似できないよ」

「………………」

「って、エレナ？　化け物を見るような顔で見ないでくれる？」

「ご、ごめんなさい……。変なこと言うけど、一瞬ベレトがベレトじゃないような気がして」

「診療所いく？　付き添うよ」

「こ、言葉の綾《あや》に決まってるでしょ。本気にしないでちょうだい」

「はいはい」

（ふ、ふう。いきなり核心を突かれるのは心臓に悪いって……）

　軽くいなした今だが、寿命が十年縮まった思いだ。

「……でもわかったわ。そこまで気持ちを固めているなら仕方ないわね」

「うん。だから俺抜きで楽しんできて」

「ええ、楽しいランチにしてくるわ」

「それはそれは、大した自信で」

なんて軽口を言ったのが間違いだった。

「当たり前じゃない。あなたが尊敬してるって会話、しっかりとシアに伝えるつもりだから」

「……ん？　ちょ、それダメだって」

「ふふ、残念でした。あなたの命令を聞く筋合いはないの」

楽しそうに、それはもう楽しそうに笑って『ざまあみろ』とピンクの舌を見せられる。

「さてと、それじゃああたしは先にいくわね。シアの反応が楽しみだわ」

「あ」

エレナは返事を待つことなく、軽い足取りで教室を去っていった。

「はあ……。あの言葉を真に受けなければいいけど、シアだから真に受けるよなぁ……絶対。よそよそしくならなければいいけど……」

バラされることは問題だと思っていない。よそよそしくなることが心配なのだ。

(まあ、心配してもしょうがないか……。さて、自分は図書室にでもいって時間潰そうかな……。この時間だと利用者もほぼいないだろうし)

素早く気持ちを切り替え、人気《ひとけ》のない場所を求めて移動するのだった。

第三章　本食いの才女

「う、うわ、凄《す》っご。なんだこれ……」

エレナと別れた後、一人で図書室に足を運んだ自分は、目の前の光景に呆気《あっけ》に取られていた。

三階建てはありそうな高い天井。見渡す限りの昼白色の照明。美しさを際立《きわだ》たせる光沢感のある床。

一階にも二階にも本棚にはぎっしりと書物が並べられ、読書ができる広いスペースも備えられ、落ち着きのある音色のオルゴールが流れていた。

「これが学園の図書室か……」

本好きな者が学園の関係者なのか、こだわり抜いて造られた場所だということが一瞬でわかる。

さすがは貴族が数多く在籍している学園だ。

（こんな場所で本が読めるなんて……。なんかワクワクするなぁ）

図書室を見渡す限り、ここを利用している生徒は誰もいない。

ランチ時間は偉大だった。こんな贅沢《ぜいたく》な場所が貸し切りも同然なのだから。

「まあ、人がいないなら照明とオルゴールは消した方がいいような気がするけど……」

もったいない精神がほんのり芽生えるが、そのまま観覧する気分で一階から本棚を巡っていく。

目についたのは難しいジャンルばかり。

思想。自伝。宗教。世俗《せぞく》。騎士道 etc.

「こんなのを学生が読むのかなぁ。鈍器になるくらい分厚いし……。えっと、文学系は二階かな？」

どの場所にどのジャンルがあるのかわからないのは、ベレトが図書室を利用したことがないから。

だが、それを不便に思うことはなかった。むしろ新鮮な気持ちで見て回れることをラッキーに感じる。

(さて、二階二階)

娯楽系の本を求めて階段を上がっていく。

「文学、文学……文学はどこだろ……」

この図書室には誰もいない。そう考えていたことで、本棚ばかりに視線を送っていた。

前を見ることを疎《おろそ》かにしていた。

だが、根本的に間違えていることがあった。

列に並ぶ本棚を見終わり、曲がり角に差しかかった瞬間、目の前から飛び出してきたのだ。

サイドテールに結んだ薄青の髪。大層眠そうな金の瞳。両手で数冊の本を重ねて持った女の子が——。

「は？」

幽霊のように音もなく現れ、力のない声が漏れ出る。なんとか避けようと意識した時にはもう遅かった。

「ッ！」

「うっ」

体に衝撃が走る。

女の子は抱えていた本に意識を向けていたせいか、こちらに気づくことなく、ぶつかった。

小さな呻《うめ》き声。次に本がパラパラと音を立てて床に落ちる。

お互いに勢いはなかったが、『ぶつかる』と気づいて接触する場合と、『ぶつかる』と気づかずに接触するのでは、対応力が全く変わる。

無抵抗で細身の女の子は、風船が飛ばされるような当たり負けをして大きな尻餅をついた。

「ご、ごめん！　本当にごめん！　大丈夫⁉」

「う……。は、はい。わたしは平気です。不注意ですみません」

ぶつかった女の子は痛みを堪《こら》えているようで、片目を閉じながら頭を下げてきた。

一方的な不注意だと思っているみたいだが、こちらだって周りを見ていなかった。

「いや、俺も不注意だったよ。本当にごめ……ッ⁉」

女の子に続いて謝ろうとしたが……最後まで謝罪を口にすることができなかった。

目の前の衝撃的な光景を見て思わず息を吞《の》んでしまった。

尻餅をついた女の子のスカートが大きく捲《めく》れてしまっていたのだ。黒のストッキング越しに下着が露《あら》わになっていたのだ。

（……！）

正気に戻り、急いで目を逸《そ》らしたが……視線というのは簡単にバレてしまう。

「……あの、事故に乗じて下着を覗《のぞ》き見るのは好ましくないです。ベレト・セントフォード」

「ほ、本当ごめん……。これは偶然で……」

「次からは気をつけてください」

抑揚のない無機質な声。無表情のままスカートを戻した女の子は、落ちた本を丁寧に拾い始める。

不思議なことに下着を見られたことの恥ずかしさは全く感じていないよう。

「あ、俺も拾うよ……。って、どうして俺の名前を？」

床に落ちたのはラブロマンスの書物が四冊。女の子がまだ拾いきっていなかった二冊を拾い、渡しながら問う。

ベレトの記憶を探ってみるも、この子に関する情報はない。つまり初対面だということ。

「拾っていただきありがとうございます。その問いに対しての答えですが、あなたは有名ではないですか」

「あ、あはは……。なるほどね……」

やはり在学生だけあって『悪い噂《うわさ》』は耳に届いているようだ。

眠そうな瞳の女の子は、本当に表情が変わらない。声のトーンも変わらない。掴《つか》みどころのないタイプだ。

「……えっと、体は大丈夫？　痛いところとかない？」

「少しお尻が痛いですが、平気です」

その言葉を証明するように立ち上がった姿を見て、自分も立ち上がる。

「それより、あなたに聞きたいことがあります。ベレト・セントフォード」

「な、なに？」

なにも感情の読み取れない彼女と向かい合う。

「今現在、昼食の時間ですが、あなたは一体どのような目的でここを訪れたのですか。わたしの知る限り、あなたが図書室を利用するのは初めてだと思いますが」

「えっと、本を読みにきたんだよ」

「この時間に、ですか」

「うん」

なんて返事をした途端、金色の目が細くなった。初めてこの子から読み取れた感情は、『疑心』だった。

「すみませんが、信じることはできません。よく図書室を利用される方ならまだしも、あなたは初めて利用されました。さらにはよくない噂もあります」

「ま、まあね……」

「そんなあなたが利用者のいない時間に、です。憂《う》さ晴らしに書物に悪戯《いたずら》をしようとしているのではないですか」

(筋が通ってるだけに、そう思う気持ちもわかるけど……)

侯爵の名を出すつもりは微塵《みじん》もないが、周りから距離を取られて、恐れられている自分によくもこう堂々と言えるものだ。肝が据わっている。

——と、正直に言えばこれは嬉《うれ》しかった。対等に接せる相手をまた一人見つけることができたのだから。

「接する限り、悪い噂を作るほどの方だとは思えませんが……悪戯をしようと考えているのなら、わたしはあなたを許しませんよ。書物は先代様からの知恵、歴史、思い、考え。その全てが詰まった貴重なものです。大切に扱うべきものです」

ペラペラと口にする女の子は、フィクションと思われるラブロマンスの本を大事に抱えながら言っている。

堅い言葉と、これから読むだろう本のギャップはなんとも可愛《かわい》らしく、面白おかしくなってしまう。

「悪戯なんかしないよ、本当に。楽しく本を読もうとしてるだけだから」

「そのように言うのは簡単です」

バッサリと言い切られ、言葉は続く。

「なので、あなたが図書室を出るまでの間、わたしが傍《そば》で読書をします。わたしにそのような権限はありませんが……いいですね。ベレト・セントフォード」

「それで利用させてもらえるなら。ありがとう」

この子は本が大好きなのだろう。

好物が詰まった部屋に、悪い噂のある男が入ってきたら誰だって警戒するもの。

「わたしが感謝されるようなことはなにもありません。あなたに失礼な物言いをしてばかりですから」

「それは俺に悪い噂があるから、仕方なくでしょ？　だから悪いのは俺だし、君は当然のことをしてると思うよ」

「……」

「ん？」

いきなりの無言に首を傾《かし》げて返事を待つ。

「……ベレト・セントフォード。あなたは本当に悪い人なのですか」

「つえ？　はははっ、本人の前でそれ聞く？　一応いい人寄りだとは思ってるけど」

「そうですか」

相変わらずの声色に無表情。なにを思っての『そうですか』なのかはわからない。

「それではあなたが読むものを一緒に探しましょう。わたしが自信を持ってオススメできるジャンルは哲学とラブロマンスですよ」

まるでオススメした本を読んでほしいように口にする女の子。哲学はアレだが、ラブロマンスなら自分にも楽しめる。

「じゃあ……ラブロマンスのある本棚に案内してくれる？」

「そちらで良いのですか。あなたはいろいろな恋愛体験をされていると思いますので、哲学を選ぶと思っていましたが」

「体験してる、してないに拘《かかわ》らず面白いよ」

「そうなのですか。ではついてきてください」

「う、うん」

そうして、まだ名前も知らない不思議な雰囲気を持つ女の子に先導され、読みたい本をスムーズに見つけることができたのだ。

それから、図書室に備えられた一人掛けの椅子で本を読んでいた矢先のこと。

「面白いですか。ベレト・セントフォード」

「え？」

「わたしがオススメしたその本です」

小さなテーブルを挟み、対面で読書していた彼女が声をかけてくる。

「ああ。まだ序盤だからなんとも言えないけど、いい感じだよ」

「そうですか」

今読んでいる物語は、身分差を題材にしたもの。

「自分に合わないと感じたら、遠慮なく言ってください。ここにはたくさんの本がありますから」

「うん、ありがとう」

「お礼を言われることではありません」

彼女の視線は、両手で持っている本にずっと向けられている。

縦書きに記された文字に眠そうな金の瞳を走らせながら、読書と会話の二つを器用にこなしていた。

「あのさ、一つ質問させてほしいんだけど、この時間に図書室を利用する人っていつもこんなに少ないの？」

「たまに司書さんが来られるくらいで、この時間は少ないです。図書室では飲食が禁止なので」

「なるほど……」

　これはとても貴重な情報を得ることができた。人を避けられて、時間潰しもできる最高の場所を見つけられたのだから。

「それにしても、食欲よりも読書を選ぶ変わり者がわたし以外にもいたのですね」

「ははっ、それは誤解だよ。俺は読書より食欲」

「言われてみればそうでした。わたしと同じ変わり者であれば、毎日顔を合わせているはずですから」

（悪い噂のある自分に変わり者発言……。やっぱり肝が据わってるなぁ、この子）

　登校中は周りから軽蔑した目を向けられ、廊下や教室では避けられているからか、ラフに接してもらえるのはやはり嬉しく感じる。

　彼女もまた『全生徒が平等な立場』の校訓を頭に入れている一人なのだろうか。

「『毎日顔を合わせているはず』って言うと、君は毎日図書室を利用してるんだ？」

「わたしは図書室登校ですから」

「えっ、そんなことができるの？」

「はい。テストを受け、特例で認めてもらいました」

「ほー。それは凄《すご》いね」

簡単に言っているが、そのテストで高得点を取らなければ、特例など認められるはずがない。

ラブロマンスを読み進めながら答える姿ではにわかに信じられないが、哲学のジャンルをオススメする辺り、頭の良さは相当なものだろう。

「では、ベレト・セントフォード。わたしからも一つ質問を良いですか」

「もちろんいいよ。それでその質問って？」

「わたしの自己紹介は必要ですか。先ほどからわたしのことを『君』と呼んでいるので」

「あっ、そうだね。そうしてくれると助かるよ」

「構いません。わたしは身分も低いですし、貴族が参加する夜会に出席したこともありませんから」

正直、自己紹介をしてほしいと思っていたが、なかなか切り出すことができなかったのだ。

申し出をありがたく受けると、彼女は本を閉じ、眠たげな瞳をこちらに向けて挨拶をしてきた。

「ルーナ・ペレンメル。男爵家三女。二学生になります」

「丁寧にありがとう。ルーナ……ね、覚えたよ。俺は自己紹介した方がいい？」

「結構ですよ。あなたのことは知っています」

「そっか」

「はい」

コク、と頷《うなず》いたルーナはそうしてすぐに読書に戻った。

身に纏《まと》っている雰囲気や佇《たたず》まいから貴族の出だとは思っていたが、予想は当たっていた。

「……」

「……」

自己紹介を聞き終え、自分も読書に戻る。

とても静かな時間だが、気まずさを感じることもない。

いつの間にか本の世界に入り、何十分と読書を続けていた時だった。

「……今さらですが、あなたのことを信じることにします。ベレト・セントフォード」

「え？　なにか信じられる要素があったの？」

無の表情でいきなり伝えられる。

「あなたの噂《うわさ》はこうでしたよね。侯爵の力を振り翳《かざ》し、身分の低い相手に攻撃的な態度を取る、と」

「ま、まあね……」

「ですが、噂通りではありませんでしたから。わたしが貴族の中で一番身分の低い男爵家だと明かしても、あなたは態度を変えませんでした。わたしがあなたのことを『変わり者』呼ばわりしても、蒸し返すことをしませんでした。信じる理由としては十分すぎます」

苦笑いを浮かべるしかない自分に対し、ルーナは凛《りん》とした態度で言った。

「最初から布石を打ってたわけね」

「わたしとしても疑い続けることは嫌なので。先ほどは失礼な発言をすみませんでした。謝罪します」

「いやいや、気にしないで。信じてもらえるだけで嬉しいから。それに遠慮なく接してもらえる方が嬉しいし」

「そう言っていただけると助かります」

相変わらずの真顔だが、この話ができたことで少し打ち解けられた気がした。

要望を伝えるタイミングはここだろう。

「ねえ、ルーナ」

『明日もこの時間に図書室にきていい？』と。

しかし、そんな思惑は自分の腹によって裏切られる。

――グウゥゥ。

『信じます』の言葉を聞いて気が楽になったからか、ありえないタイミングでお腹《なか》が鳴った。

図書室という静かな空間では、確実に相手の耳にも届く。

「あ、あは……。本当ごめん」

「立派な音ですね」

「そ、そう……？　あはは……」

無表情と一定のトーンから飛ぶ冷静なツッコミに恥ずかしさが襲ってくる。

「お腹空《す》いたのですか。もう時間も時間ですし、大食堂にいくには遅いと思いますが」

「お昼は抜きで考えてたから大丈夫。元々いくつもりなかったし」

「食欲があるのに、ですか」

「いろいろ事情があってさ」

「訳ありなのですね」

ここで変に誤魔化しても仕方がないだろう。

顔を見合わせてくるルーナに頷けば、読んでいた本を閉じて椅子から立ち上がった。

「わかりました。であればわたしのご飯を差し上げますよ。わたしはいつも持参しているので」

「それはさすがに悪いよ。ルーナのご飯がなくなるし」

「その心配はありません。わたしは完全下校時間まで残れるように昼と夕のご飯を持参しています。本日は最後まで残るつもりはないので、結局は余ります」

「……」

表情の変化も、声の変化もない彼女の嘘《うそ》を見破るのは難しいが、『最後まで残るつもりはない』ことが嘘だというのはわかる。

残るつもりがなかったのなら、夕ご飯を持参する必要はないのだから。

昼を抜いても死んだりはしない。遠慮の気持ちを前に出すが、ルーナは卑怯《ひきょう》な――いや、賢い言葉選びをしてきた。

「困っている方に手を差し伸べられないのは、男爵家の名折れです。それともわたしが持参するご飯は汚《けが》らわしくて食べられませんか。侯爵家のあなたには」

「そ、そんなことないよ!?」

「では決定ですね」

逃げ道を塞ぐ説得。その頭の回転の速さ。

特例とされた理由を直《じか》に感じた瞬間だった。

「本当にありがとうね、ルーナ」

「いえ。ではついてきてください。司書室では飲食が可能ですから」

「えっと、その部屋って俺も入っていいの？　特例で認められているルーナだけじゃない？」

「わたしが隣についていれば特に問題ないらしいです。しかし、中の物には触れないようにお願いします。整理された書類も多いので」

「わ、わかった」

彼女の言い分で理解した。もし中で問題が起きれば、ルーナの責任になるのだと。

悪い噂しかない自分をそんなところに招き入れてくれるのは、『信じます』と言ったことが本当という証拠だろう。

（今度お礼しなきゃな……）

ルーナのしていることは当たり前ではない。自分ならば躊躇《ためら》ってしまう。もし司書室で問題が起きれば、特例が取り消しになる可能性だってあるのだから。

「ベレト・セントフォード。足元には気をつけてください」

「あはは、ルーナもね」

そうして彼女に案内されるように一階に降り、カウンターを抜け、鍵を開けて共に司書室に入る。

ここは本来、生徒が入れない場所。その中は至ってシンプルな造りをしていた。

長方形のテーブルにソファー。大きな棚と壺《つぼ》の中に生けられた花々。それから至るところに積まれた大量の資料。

(まるで仕事をするためだけの部屋だな……)

周りの物に触れることなく観察していれば、ルーナは手編みのカバンの中から蓋付きの紙箱を渡してくる。

「中を開けてもいい？」

「どうぞ。大したものではありませんが」

許可を取り、開けてみれば——丁寧に詰められた色合いのいいサンドウィッチが並んでいた。

「うわ、凄っ……。えっ、こんなのもらっていいの!?」

「そんなに驚くようなものではありませんよ。せっかくですから、わたしもランチにします」

「本当ごめんね。たくさん気を遣ってもらって」

『一緒に食べた方が、あなたは食べやすいですよね』との気持ちがあるのは十分に伝わってくる。

感情の起伏が見られない彼女だが、本当に優しい心を持っていた。

「いえ。失礼なことを言ってしまったお詫《わ》びとして受け取ってください」

「そういうわけにはいかないよ。このお礼は必ず」

「そうですか。ではゆっくりとお待ちしています」

「ありがとう」

「…………あなたは本当に不思議な人ですね」

「え？」

「なんでもありません」

『ルーナがそれ言う？』なんてツッコミを入れたくなる言葉が出たような気がするが、気のせいだろう。

ちなみにサンドウィッチは本当に美味《おい》しかった。

こんなものを本当にいただいてよかったのか……？　なんて不安になったほど美味しかった。

その後のこと。

充実した昼休憩と午後の授業を終え、シアと共に帰宅。学園で出た課題を広間で取り組んでいた時である。

「シアー？　また右手と右足が同時に出てるよ。歩くの勝手悪いでしょ、それ」

「あっ！　も、ももも申し訳ございません！」

仕事中の彼女に人生で一度あるかないかの指摘を出していた。

（はあ……。やっぱりエレナを全力で止めるべきだったな……。あの時に）

この後悔を感じたのは何度目だろうか。後悔を感じる度に思い出される。

『ベレト、あなたがシアを尊敬してることしっかり教えてきたわよ。シアったら、顔を真っ赤にさせて喜んでいたんだから』

『放課後、彼女の様子がおかしくてもあまり気にしないであげてね』

『あの子は今日ちゃんと眠れるのかしら……。あんなに喜んでいたし、思い返してずっとニヤニヤするタイプなのよね』

と、ニヤニヤ報告してきたエレナの顔まで。

放課後を迎え、シアと一緒に帰路に就いたが、その時から様子がおかしかったのだ。

そわそわしたり、ぎこちなかったり、チラチラ見てきたり、ぽーっとしたように凝視していたり。

「ま、まあ別に悪いことしてるわけじゃないから、その歩き方でもいいけど……コケないようにね」

「は、はい‼」

「あと掃除する時は掃除に集中すること。俺を見ながらするんじゃなくって」

「っ⁉」

注意した途端、くりくりした目を皿のようにした。おさげに結んだ黄白色の髪を大きく揺らしてビックリしていた。

(え？　マ、マジか。それバレてないと思ってたのか……。こっち見ながら目の前を掃除していたらさすがに気づくよ？)

今まで自分が反応していなかったことで、気づかれていないと思っていたのだろう。

「ほ、本当に申し訳ありませんっ！　あ、あの……わ、私はベレト様のお勉強の邪魔をしようとしてたわけでは……！」

「落ち着いて落ち着いて。それはわかってるから」

侍女がそんなことをすれば、一発で首が飛ぶ。だからこそ誤解されないように必死になっているシアだが、彼女が邪魔をするような性格でないのは理解している。

――また、シアの様子がおかしくなってしまった原因も。

（元に戻る様子もないし、なにか手を打たないとな……）

そう察した自分は、課題を進めていた手を止め、会話をすることで距離を戻そうと考えた。

「あのさ、シア。掃除中にごめんだけど」

「は、はいっ⁉」

「シアって学園から出た課題はいつ終わらせてるの？　出される量かなり多いでしょ？」

唐突な話題ではあるが、自分が課題をしていることもあって自然に入れ込むことができた。

「あ、それはその……私は侍女のクラスなので、ベレト様のように課題が多いわけではないのです」

「と、言うと？」

「従者が一番に優先するべきことは学業ではなく、ご主人様をお支えすることですから」

「ああ、なるほど……」

学業を第一にすることで、仕事が疎《おろそ》かになったり、支障が出るようなことがあれば本末転倒。

そうならないために、他のクラスよりも少ない課題量が設定されているのだろう。

学生でも『学業が優先』ではないという珍しい例だ。

「でもさ、少ないと言っても課題は出るわけでしょ？　シアがどこで終わらせてるのか気になって。課題してるところをいつも見ないから」

「わ、私は基本的に学園内で終わらせるようにしていまして、終わらなかった場合はベレト様がご就寝された後に……」

「え？　就寝ってことは寝室に入ったタイミングじゃなくて、俺が寝てからってこと？」

「おっしゃる通りです」

確認に対し、小さく頷《うなず》いた。

「えっと、なんでわざわざ俺が寝たあとなの？　いろいろ不便でしょ？」

「そ、そうおっしゃられましても……これが侍女の当たり前ですから」

「当たり前って……」

（ベレトにそんな記憶がないってことは、シアのことになにも関心がなかったんだな……。俺よりも遅く寝て、俺よりも早く起きて、本当に大変な生活をしてるのに……）

これを二つ下の、十六歳の女の子が行っているのだ。本当に凄《すご》いとしか言いようがない。

「つまりさ、シアの自由時間は俺が寝たあとになるんだ？」

「はい。なにか事情がない限りはそのような生活を送らせていただいてます」

「そっか……」

仕えている相手を最大限支えるための理由なのだろう。

確かに筋の通った理由で、立派な考えで、この世界では当たり前なのだろうが、転生した自分にとって凄くモヤのかかるもの。

「じゃあ、今日から二つ変更させて」

「へ、変更……ですか？」

「うん。まず学園で課題が終わらなかった場合は、侍女の仕事よりも先に取り組むこと」

「えっ⁉」

「最後に俺が寝室に入ったらもう自由時間ね。俺が寝るのなんて待たずに好きに過ごしていいから」

正直なところ、『毎日働かなくていい』と言いたいが、それでは侍女の立場がなくなってしまう。ここが落としどころだろう。

「あ、あの……。今おっしゃったことでは、ベレト様をお支えすることよりも、私の学業が優先されることになります……よ？　お支えするお時間も減ってしまいます」

「それでいいんだよ」

「……」

「あ！　別にシアが必要なくなったわけじゃないよ」

誤解されないように前置きを一つ。

「ただ俺は、学生なら学業を優先して、将来のために少しでも力をつけてほしいって思ってて。従者の中には学園に通えない人もいるわけだから、この機会はできるだけ物にしてほしいな。シアはもう侍女として立派に成長してるんだしさ」

「ベレト様……」

ずっと支えてもらってきたからこそ、やはり彼女自身も大事にしてほしい。

その気持ちは伝わったようだ。

「まあ……この方針にすると仕事時間が減って、なにかしら支障が出るかもだけど……その時は風邪を引いた時と同じように、翌日にちょっと挽回《ばんかい》してもらうってことで。今さらこんなこと言うのもおかしいんだけど、シアが学生の間はこれでお願い。じゃなくて命令ね」

「し、承知しました‼」

『お願い』で通していれば、シアは抵抗していただろう。その方がよかったとしても立場上、素直に従うことは難しかっただろう。我ながらいい修正ができた。

「じゃあそんな感じで。しばらくは勝手が悪いだろうけど、そこはごめんね」

「い、いえっ……！　私なんかのために本当にありがとうございますっ」

「うーん。俺が尊敬してるシアが『私なんか』って言うのはどうかと思うけどな？」

「っ‼　あっ、あ……ありがとうございましゅ‼　うぅ……」

「あははっ」

気分が昂《たか》まったのか、盛大に噛《か》んだシア。

頭を上げた彼女の顔は火が出そうなくらいに真っ赤になっていた。

「で、そうそう。これを聞いておきたかったんだけど、今日は課題残ってる？」

「いえっ！　本日の課題は学園で終わらせております！」

「おっ！」

「……ぁ」

「あ？」

ニッコリしながら自慢げに答え、こちらも『偉い！』というリアクションを取ったが
――聞こえた。

恐らく、追加の課題があったことを思い出したような、小さな『ぁ』が。

「な、なんにも問題ございません！　課題はしっかり終わらせております！」

「……」

焦《あせ》りの色が見える。視線が彷徨《さまよ》っている。確実に嘘《うそ》をついているはずだ。

（『終わらせました！』って言った手前、『やっぱりありました』って言いにくいんだろうな……）

気持ちは十分わかるが、それではさっき話したことに意味がなくなる。

「もう一回聞くけど、今日の課題は？　次に嘘ついたら腕立て五百回と腹筋五百回ね」

「ご、五百回……」

「合計千回」

「千回……ですか」

ここでシアは視線を上に向け、ムムムとした表情を作るが、みるみるうちに苦渋に満ち始める。

（ええ……。これ絶対考えてるよ。嘘を言ってもこなせる回数なのかって……。なんでシアってこんなにわかりやすいんだろ……。って、シアの体じゃ千回は無理だって絶対考えていることが手に取るようにわかってしまう。

「あ、やっぱり変更。次に嘘ついたらどっちも千回ずつ」

「……」

シアの顔に絶望の影が差した。

計二千回。この数でようやくギブアップしてくれた。

「も、申し訳ありません。一つだけ思い出した課題がございます……」

「そっか。じゃあ掃除は一旦やめて課題を持ってきて。一緒にやろ」

「本当によろしいのですか……？」

「もちろん。なにかわからない問題があったら頼ってね」

「あ、ありがとうございます！　それでは持って参りますっ！」

その言葉を残したシアはパパッと掃除道具を片付け、ニコニコしながら課題を持ってきた。

(なんか嬉《うれ》しそうだな……。あ、課題を一緒にするのは初めてだからか)

これから面倒臭い課題をするというのに、なんとも気持ちのよい表情を浮かべている。

可愛《かわい》らしい従者だが、もっと可愛らしく見えてくる。

この顔が見ることができただけで、この方針を選んでよかったとつくづく思える。

(さて、シアに負けないように頑張らなきゃな……)

対抗心が芽生えるも、シア同様にこちらも楽しみだった。

『んん～！』と唸《うな》りながら、一生懸命課題に取り組むシアを見ることができそうで。

「あ、あの、それでは私も課題をさせていただきます」

「うん。どうぞ」

——と、そんなことを考えていた自分は本当に愚かだった。

シアが課題に費やした時間は5分もなかったのだから……。

「それでは、私はお掃除に戻らせていただきます！　ベレト様とご一緒に課題に取り組むことができて光栄でしたっ‼」

「あ、あぁ……うん」

ペン先から火が出そうな勢いでズバズバ問題を解いていったシアは、深々と頭を下げて、掃除を再開させたのだ。

（え？　ええ……？　な、なにあの解く速度。絶対おかしいって……。も、もしかしてシアって俺が思ってる以上に優秀なんじゃ……）

『なにかわからない問題があったら頼ってね』なんて発言をしたことが急に恥ずかしくなってくる。

もしここにエレナがいたら、『身の程を知りなさいよ』なんてツッコミを入れられていたかもしれない。

（それに、すぐに課題終わらせて仕事に戻るとか偉すぎるし……。その、休憩がてら少しくらいサボっても……）

十六歳当時の自分の記憶を思い返すと、心の中の独り言がしばらく止まらなかった。

幕間《まくあい》

『な、なにこのサンドウィッチ！　本当美味《おい》しいんだけど』

今日のランチ時間。その司書室での記憶。

『あの、ベレト・セントフォード。あなたはパクリと食べましたけど、その食べ物に毒が入っているとは思わなかったのですか。貰《もら》い物には注意するように教えられているはずですが』

『ああ……、確かに教えられているけど、人の親切を疑うような人間にはなりたくないんだよね。そんなことを徹底してたらなにも信じられなくなるから」

『……』

『まあ、ルーナがそんなことするとは微塵《みじん》も思ってないし』

『あなたの立場であれば、正しくない思考ですね。わたしが殺意を持っていれば、あなたは殺され放題ですよ』

『ははは っ、その時は潔《いさぎよ》く逝《ゆ》くよ』

『あなたは別の意味で変わり者ですね』

『褒め言葉をどうも』

『……………話は変わりますが、本当に美味しいですか。それは』

『本当の本当に美味しいよ。こんな言い方をするのは悪いんだけど、お昼を抜きにしてよかったって思えるくらいに』

『そう……ですか』

『迷惑じゃなかったらでいいんだけど、作ってくれた人にお礼を伝えてくれると嬉しいな』

『……わ、わかりました。伝えておきます』

『ありがとね』

一番印象深かったのは、この時の笑顔とお礼。

「……嬉しいものですね。わたしが作ったものをあのように褒めてもらえるというのは」

パタンと本を閉じ、暗くなった空を見ながら呟《つぶや》くルーナ。

時刻は十八時。

普段から完全下校時刻の二十時までずっと読書を続けるルーナだが、ベレトにご飯をあげた今日。そこまで図書室に残るエネルギーは残っていなかった。

　そして、今日のやり取りが思い出され、あまり集中することもできなかったのだ。

「帰りますか」

　読み進めていた本と、自宅で読む二冊の本を両腕で抱えて一階に降りていく。

　眠たげな目をしているルーナだが、視界は良好。

　転《こ》けることもなく、司書が腰を下ろしているカウンターの前で足を止める。

「あら？　どうしたの、ルーナさん。他にもなにか借りたい本が見つかった？」

「いえ、そうではありません。本日はもう帰宅します」

「えっ、もう⁉」

「はい」

「ど、どこか具合でも悪いの？　ご家族に連絡を入れましょうか……？　ど、どうしましょう……」

　慌てている司書だが、無理もない。

　ルーナが完全下校時間前に帰宅するのは初めてのことなのだから。

「わたしは元気ですよ」

「そ、そうなの？　だとすれば大切なご用事とか……」

「特に用事もありません」

「となると………んん？」

じゃあなぜ帰宅するのか、と疑問が深まる。

わかりやすく頭を悩ませる司書にルーナは真顔で説明した。

「理由は単純です。わたしのご飯を盗まれてしまいました」

「ええっ⁉　それは大ごとじゃないの！　すぐに連絡をしなくちゃ……」

「……」

泥棒の仕業だと聞き、さらに冷静さを失う司書。その様子を無表情で見るルーナは、取り返しがつかなくなる前に口を動かす。

「すみません。今のはジョークです」

「ジョークなの⁉」

「はい。なにも盗まれていません」

「あ、あらヤダ……。そうなのね。ごめんなさいね、取り乱して。それならよかったわ」

種明かしされ、大きな安堵《あんど》の息を吐く司書。

ルーナは常に一定の声色。表情を読むこともできないのだ。

「驚きましたか」

「も、もちろんよ。ルーナさんのご飯は司書室の中にあるから、図書室の大事な資料も一緒に盗まれたんじゃないかって思って」

「あ……すみません。そのことまで考えていませんでした。慣れないことをするのはもうやめます」

「気にすることないわよ。なにもなかったんだから」

真顔で頭を下げる。

彼女を知らない者からすれば、反省しているようには見えないだろう。

実際、そのような誤解を生んだことがあるルーナだが、申し訳ないという気持ちがなければ頭を下げることはない。

司書にはそのことがちゃんと伝わっている。伝わっているからこそ、良好な関係を築けているのだ。

「ふふ。それはそうと、嬉しいことがあったのねえ。ルーナさんは」

「なぜわかるのですか。わたしはなにも言ってなかったはずですが」

「さっき『慣れないことをするのは』って言ったでしょう？　正しくその通りで、あなたからジョークを聞くのは初めてだもの」

「……それだけのことで、ですか。なんだか恥ずかしいですね。わたしがはしゃいでいるようで」

言っていることと、その表情が違う人は誰か。というアンケートを行えば、間違いなくルーナが一番に輝くだろう。

それほどまでにどんな時も表情を変えない彼女だが、司書は追及を始めていく。

「ねえねえ、ルーナさん。どんな嬉《うれ》しいことがあったの？」

「教えません。ニヤニヤしているので」

「あらまぁ……。今、目が泳いだわね。今日は本当に珍しいあなたがいっぱい」

「っ」

司書は意地悪をしているわけではない。純粋に思ったことを口にしているだけ。

しかし、ルーナはダメージを受けていた。

「……も、もういいです。もう司書さんにはなにも教えてあげません」

「そこまで引っ張られたら気になるじゃないのー。あなたの嬉しかったこと」

「早く仕事をしてください」

そっぽを向くように首を回すのではなく、足を動かして華奢《きゃしゃ》な背を向けたルーナは顔を上手に隠す。

どんなことを言われても答えない。なんて強い姿勢を見せた彼女を、これまた物珍しく見る司書。

そんなタイミングで——遠慮がちな声が横からかかるのだ。

「あの……お取り込み中、すみません」

「あっ、いえ。大変申し訳ございませんでした。ご用件を伺います」

綺麗《きれい》な赤髪をした男子生徒から尋ねられ、司書はすぐにスイッチを切り替える。

「経営学のコーナーはどちらにありますでしょうか」

「経営学ですね。経営学でしたら一階奥の左から三列目になります」

「わかりました。ご丁寧にありがとうございます」

洗練されたお辞儀をするその生徒は、早足でそのコーナーに向かっていった。

「今の彼、なんだか凄《すご》く上品だったわねえ」

案内が終わり、近くにいるルーナに声をかければ、相手の正体はすぐに判明する。

「当然ですよ。彼は伯爵家、エレナ・ルクレール嬢の弟御《おとうとご》ですから」

「あら、どうりでジャスミンの匂いがしたのね」

ルクレール家の特徴の一つはジャスミンの香水である。

遠ざかっていく彼の背中を見ながら、ルーナは話題を振る。

「わたしの目には、彼がかなり追い込まれているように見えましたが大丈夫でしょうか。

この時間から利用というのは、最後まで居続けるつもりでしょう」

「ルクレール家はレストラン事業を大きく発展させているから、彼にも白羽の矢が立ったのかもしれないわね」

「その可能性が高いですね」

「少し知恵を貸してあげたらどう？　ルーナさん」

「無茶を言わないでください。経営というのは本から得た知識よりも、経験から得た知恵の方が役に立つものです。アドバイスできることはありませんし、仮にわたしが口にしたことで失敗に繋《つな》がった場合、その責任を取ることもできません」

「難しい問題ねえ、これればかりは」

「同年代ということもあるので、無事に解決できるとよいのですが」

ルーナの言ったことに世辞は入っていない。

それを証明するように、眠たげな瞳の中に心配の念がこもっていた。

「……それでは、わたしは帰宅の準備をしてきます。司書さん。参考になりそうな経営学書をピックアップしてもらってもよいですか。少し借りていきます」

「ふふ、優しいわよね。ルーナさんは」

「違います。少し目を通したくなっただけです。あんなことは言いましたけど、何事にも知識をつけるのは大事ですから」

「そういうことにしておくわね」

シラを切るルーナだが、この流れではバレてしまうのは仕方がないだろう。

「さてさて、今のうちにピックアップして……。あ、司書室に入る前にルーナさん。あなたがはしゃいでいたことって――」

「――教えません。はしゃいでもないです」

時間を置いて再度聞くという抜かりないやり口を見せた司書だが、ルーナも抜かりなかった。

流されることなくバッサリと言い切り、荷物を取りに司書室に入っていくのだ。

第四章　悪評の薄どけ

「アラン。大丈夫？」

「あ、姉様《ねえさま》……」

夜も更《ふ》け、街も静まり返る時間。

伯爵家、ルクレールが住む邸宅では、薄着のネグリジェに身を包んだエレナが心配の声を弟にかけていた。

「もうこんな時間だから休みましょ？　図書室でも最後まで頑張っていたらしいじゃない」

「心配ありがとう。だけど、休むわけにはいかないよ。どうしても時間が足りないんだ」

「そ、それはそうかもしれないけど……」

アランは図書室で借りた経営学書を何ページにもわたってノートに書き写していた。

読み直ししやすいように、頭の中に入るように。

そして、今もなお同じように。

「このままだと風邪を引いてしまうわよ。まずは体が資本なんだから」

「僕は平気だよ。姉様と違って丈夫だから」

「またそんなことを言って……」

休もうとしない弟、アランに口を尖《とが》らせるエレナは、近くにあるソファーに腰を下ろして長い脚を伸ばした。

「はあ。お父様もお父様よね。『新店はアランに任せる』なんていきなり言うんだから。多忙だからって話し合いの日程も一方的に決めて」

「それは仕方がないよ。『この家に生まれたからには』ってことは常日頃から言われていたことだから」

「んぅ……」

この正論に言い返すことができないエレナは不満げに唸《うな》る。

感情に身を任せるように太ももの上に両肘を置くと、頬杖《ほおづえ》をつきながらアランに視線を送る。

「まあ、だからこそそれなりに勉強してきたけど、まだまだ足りなかったよ。考えが甘かった」

「そう……」

この会話が途切れると、姉弟らしく同じタイミングで大きなため息を吐《つ》いた。

「ごめんなさいね、アラン。あたしが事業に関わる立場なら、今この場でたくさんのアドバイスができたのに……」

「その言葉だけで十分だよ。姉様には姉様のやるべきことがあるんだから」

「やるべきことと言っても、偉い貴族に嫁いでいくだけよ？　アランと比べたらそこまで大変なことじゃないわ」

「嫁いでから問題が出てくるかもしれないじゃない？」

「そんなことないわよ。あたしが選ぶ殿方よ。幸せになるに決まっているじゃない」

「はは……」

自信があるのだろう、断言しながら明るく微笑《ほほえ》んでいる姉に押されるアランである。

「ふう。それにしても――」

わかりやすく話を変えるように立ち上がるエレナは、勉強の跡に目を留め、眉を中央に寄せながら言うのだ。

「やっぱり無理して煮詰めるのはよくないわ。お父様からどのような話をされるかわからないと言っても、もっと別の方法を探した方がいいんじゃない？　あなたは経営学の知識がゼロというわけじゃないんだから」

「別の方法って？」

たいに」
「た、例えば……ほら、人に頼ってみるとか。今朝、アランがあたしに相談してくれたみ

人差し指をピンと伸ばして『ねっ？』と促すエレナ。

協力者を作ることができたら、負担を減らすことができるはず。と、弟のことを考えた案を出したが、アランは首を横に振った。

「それは難しいと思う。相談内容が内容だし、伯爵が関わる事業の相談に乗るなんて、周りからすれば恐れ多いことだから」

「……あっ、男爵家のルーナ嬢に相談するというのはどうかしら？」

『もちろん責任のことは抜きにして』と、付け加えるエレナ。

「彼女なら大人顔負けの幅広い知識を持っているし、あたし自身、顔を合わせたことがあるから協力を仰げると思うの」

「ありがとう姉様。だけどこれは僕自身のことだから、僕が動かなきゃ。あっ、そう言えば僕、今日初めてルーナ嬢とお会いしたよ。取り込み中だったからご挨拶することはできなかったけど」

「あら、それは残念だけど顔を合わせられたことはいいことじゃない。彼女ならあなたのことも知っているはずだもの」

そして、『クスッ』と笑みを浮かべたエレナは常套句《じょうとうく》のようなことを聞いていた。

「初めてなら驚いたでしょ？　彼女の独特な雰囲気に」

「独特な雰囲気って？」

「寡黙で凛《りん》としていたでしょう？　挨拶をしようにも少し取っ付きにくさがあったんじゃない？」

「確かに物静かそうではあったけど、僕が見たルーナ嬢は司書の方にからかわれていて、おたおたしていたというか……。だからそんな感じは全くなかったよ」

意見の相違が発生するが、お互いの発言に間違いがあるわけではない。

「そ、そう？　だとすればその方はルーナ嬢じゃないわね」

「そう……なのかな？」

普段から銅像のようになって読書をする。それがルーナなのだ。

どんなことが起きても冷静沈着で、動揺することのないルーナなのだ。

『ルーナ嬢じゃない』と言うエレナの考えはもっともだが、おたおたしていたのはルーナ本人である。

その時たまたまタイミングが悪かっただけだ。

「まあ、仮にルーナ嬢に断られたとしても大丈夫よアラン。あたしにはまだ別の方法があるから」

「その方法って？」

「『悩める弟を助けてくれた方に、あたしが求婚を許す』なんて宣伝するのはどうかしら」

「ねっ、姉様⁉」

「ふふっ、冗談よ冗談。たくさん集まってくれるとは限らないし、下心がある相手のアドバイスなんか参考になるわけないものね」

「そ、それならいいけど……。とにかく相手はしっかり選ばないとダメだよ。名指しするのは失礼だけど、ベレト様のような方もいるんだから……」

声のトーンを落とし、険しい顔をして言い切るアラン。

「ベレトねえ……」

「うん。悪い噂《うわさ》しか聞かないし。姉様も同じでしょ？」

「確かにそれは否定しないけど……優しいわよ。彼は。案外いいヤツね」

「え？　そんなことないよ、絶対」

姉の口から親しみが含まれた『いいヤツ』を聞き、アランは怪訝《けげん》な表情を浮かべたまま断言する。

「もちろん信じてくれとは言わないし、信じられるようなことでもないと思うけど、あなたにもわかる日がきっとくるわ。所詮、噂は噂なのよ」

「姉様が断言するくらいに……？」

「ええ。ベレトは不器用な人間なだけよ。侯爵の評判を落とすために、別の貴族が躍起になっているってところかしら」

「うーん。その可能性もあるにはあるだろうけど、あのベレト様だよ？」

「一つの心構えとして、あなた自身に意地悪をされていないのなら、噂を鵜呑《うの》みにしない余裕は必要よ。あたし達の立場ならなおさらね」

「……そ、そうだね。ごめん。姉様の言う通りだった」

「理解してもらえてよかったわ」

今、ベレトと仲良くしているエレナにとっては、弟とも仲良くしてほしいのだ。

このようにフォローを入れるのは当たり前のこと。

「さて、せっかくだから紅茶を用意してくるわね」

「姉様が淹《い》れてくれるの？」

「この時間に使用人を動かすのは心苦しいでしょ？　だからあたしの淹れるもので我慢してちょうだい」

「よく言うよ。お父様から褒められるくらい姉様の淹れる紅茶は美味《おい》しいのに」

「ふふっ、それじゃあ待っててね」

「ありがとう、姉様」

「どういたしまして」

そんな仲の良い姉弟のやり取りから、アランの勉強は日を跨《また》ぐまで続くのだった。

＊＊＊

その翌日。

午前中の授業が終わり、昼休憩に移り変わってから数分が過ぎた頃。

「――なるほど。それは大変だ」

ベレトは使用人が作ってくれた軽食を教室で食べながら、相槌《あいづち》を打っていた。

隣に座り、昨日のことを話すエレナに耳を傾けながら。

「大変なんてものじゃないわよ。『新店を任せる』ってお話が弟に流れてからはもう毎日のように夜更《よふ》かしをして……。なにを言ってもあたしの言うことを聞かないし、心配なのよ」

「ああ……。だから疲れているのか。エレナは」

「き、気づいていたの？　これでも隠していたのだけど」

細い指先を口元に当て、まばたきを速くするエレナ。

「授業中、何度もあくびを噛《か》み殺してたからさ。なかなか寝つけなかったんだろうなって思って」

「あなた……授業中にも拘《かかわ》らずあたしのことを見ていたのね」

途端に声色が変わった。からかいたげに。

隣に視線を向けると、やはりと言った表情を浮かべていた。

「なにその『見惚《みと》れていたの？』みたいなシタり顔……。隣に座ってるんだから、視界にも入るよ」

「お世辞でもいいから合わせなさいよ。モテないわよ」

「モテない以前の問題だから気にしないよ、俺は」

「……あ、ふふふっ。敵に見られちゃうものね」

「怖がられてもいるし。自分のせいだから仕方ないけど」

「残念ね。顔はいいのに恋愛できなくて」

（え？）

自然な流れでナチュラルに褒められたが、これに反応すれば本題に戻ることができないかもしれない。

ツッコミを入れたいところだが、ここはエレナのことを考えて話を戻すことにする。

「まあ……それでさ、今さらこんなことを聞くのもなんだけど、エレナの弟って何歳なの？　実は俺、あんまり知らないんだよね。顔を合わせたこともないような気がするし」

「あら、そうだったかしら？　弟はあたしの一つ下よ」

「じゃあ学生をしながら新店を任されるってことか……。挑戦させてもらえる機会を与えられたのは凄《すご》いことだけど、エレナが心配する気持ちもわかるよ」

「そうでしょう？　お父様は本当にせっかちなのよ。学生のうちからそんな重役を任せようとして。それもいきなりよ？　なんでもっと手順を踏まないのかしら」

口に出さなければ気が済まないのだろう。エレナは腕を組み、再び悩みと愚痴コースに入った。

裏を返せば、そのくらい弟のことを心配しているということ。

彼女のこのような姿は、とても微笑ましく思える。

「で、結局のところエレナは愚痴を言いにきただけ？　その話をしたところでどうにもならないことくらいわかってるでしょ？」

「も、もちろんわかっているわよ……。愚痴だけを言いにきたわけじゃないわ。この話を聞いてアドバイスできることがあれば教えてほしいのよ」

ご飯を食べているところに、人形のように整った綺麗《きれい》な顔をグイッと近づけてくる。

(いや、そんな近づかなくても……)

無意識にしているのだろうが、自分にとっては心臓に悪い。

ジャスミンのような香りを感じながら、少し距離を取る。

「アドバイスって言われても、どんなアドバイスを？」

「え、えっと……。弟はこれからどのようにすればいいのか……とか」

「いや、さすがにそのアドバイスは無理だって。俺はエレナから簡単なことしか聞かされてないわけで。もっと言えば弟さんがどのような考えを持ってるのかも知らないし」

弟から相談されているのであれば話は変わってくるが、エレナから聞いたことだけでは情報が少なすぎる。

協力したくても『頑張るしかない』のような、当たり障《さわ》りのないアドバイスを送ることしかできない。

「だ、だって経営面の内容は難しいから、事細かく伝えられないのよ。仕方がないじゃない……」

「それを『仕方がない』で済ませるのはダメでしょ。弟さんのことが心配で余裕がないのはわかるけど、せめて昨晩のうちに相談に必要なことをメモに取っておくとかさ」

「んぅ……。正論を言わないでよ」

「そんな拗《す》ねなくても」

宝石のように綺麗な紫の目を細め、口を尖《とが》らせた。

今までこんな姿を見たことはなかったが、少し打ち解けられたことに加え、余裕がないことで素が出ているのだろう。

「拗ねるって言い方はやめなさいよ……。あたしが子どもみたいじゃない」

「はいはい」

「はあ……。でもそうよね。アドバイスがほしいのならあなたの言う通りにすべきよね。本当不甲斐《ふがい》ないわ」

ため息を吐《つ》いて肩を落としている。

落ち込ませるつもりは微塵《みじん》もなかったが、こんな姿を見たらフォローを入れざるを得ない。

「まあ、その……長い目で見たらいい方に転がるのは間違いないから、エレナはどっしり構えておけばいいんじゃない？　弟さんから逆に心配されて気を回されないようにさ」

「それは一理あるけど……。って、『いい方に転がる』ってどうして断言できるのよ」

「だって若いうちから実践させて、経験を積ませて、失敗や成功を学ばせられるんだよ？　これは資金力がなければできないことだし、得られるものは絶対に大きいよ」

「そ、それは別に学園を卒業してからでもいいじゃない。それかゆっくり下積みをしてからでも……」

「エレナの言ってることは間違ってないけど、今じゃないと見えない視点が必ずあるんだよ。理想を追い求める力が強いのも若さゆえだし。エレナの父君はその辺に期待しているんじゃない？」

全て予想でしかない。だが、伯爵家のルクレールと言えば、この街に住む全員が認知しているほど飲食業を大きく発展させている。

そんな実績のある人間が、行き当たりばったりで話を進めているはずがない。

（転生してなかったら、社会人じゃなかったら、こんなことは言えなかったよなぁ……）

このようなやり取りを通して、改めて別の世界にいることを実感する。

「俺も詳しいことは言えないけど、初めての経営はわからないことだらけだし、成功する可能性の方が少ない。だからこそ理想に向かってがむしゃらに取り組むしかないし、その中で現実との壁にぶつかれば、別の視点から物事を考えて取り組んでいくしかない」

「……」

「えっと、なにが言いたいかって言うと、エレナの父君は自分の理想を叶《かな》えたレストランを息子に作ってほしいんだと思うよ。先を見据えたら、理想を叶えたレストランの方が客も満足して繁盛《はんじょう》するし。結局そのために必要なのは、少しでも早く経験を積ませることだよ」

自分なんかでは的を射たことは言えていないだろう。ただ、今の自分が説明できるのはこれが精一杯。

一つ言えるのは、伯爵家、ルクレールの資金力や余裕は相当なものだということ。経験を積ませられるのなら、一つや二つの失敗は構わないというスタンスのはずだ。

「っとまあ、こんな感じかな。俺はメリットしか話してないし、失敗をしても挫折しないって前提で話してるけど、挑戦できる環境があるならすぐにやるべきじゃないかな。もし間違った道に進んでるなら、それこそエレナの父君が止めるだろうし、手を貸してもくれるだろうし」

「あっ……」

「あ?」

このやり取り、シアともした記憶がある。

「そっ、そうね！　その時はお父様もきっと手を貸してくれるはずよね？」

「エレナの父君を知らないからなんとも言えないけど、（エレナがこんな性格だから）優しい人でしょ？」

「ええ。いつも仕事ばかり優先しているけれど、優しいお父様よ」

　父親の対応に不満が積もり、『手を貸してくれる』ことが頭の中になかったのか、この言葉を噛み砕いたエレナは、明るい声と嬉《うれ》しそうな顔になった。

「ならきっと大丈夫だよ。個人的には学生のうちは学業に集中した方がいいって思ってるけど、父君も弟さんを信じているからこその選択をしてるだろうし。だからエレナも信じてみたら？　デメリットよりもメリットを。なにより弟さんを」

「う、うんっ！　そうするわ」

　こんなにも素直に頷《うなず》いたエレナを初めて見た気がする。胸のつかえが下りたのか、ニコニコしている彼女と目が合った。

「……」

「……」

　そこから会話が途切れる。ずっと視線が合ったまま、無言が襲う。

　この時間がどのくらい続いただろうか。

　エレナは白い頰をじわじわと赤く色づかせていく。

挙動不審にキョロキョロし始めると——。

「ふ、ふんっ！　それにしてもあなたは生意気なのよ。上から目線でわかったような口ばっかりきいて」

「えぇー」

喋《しゃべ》ったと思えば、そっぽを向いて機嫌悪そうに立ち上がった。

「も、もういいわ。あたしは大食堂にいくから。あなたは一人寂しく過ごしてなさい」

明らかに様子がおかしい。落ち着きがなく、もう目を合わせようとせず、チョーカーを巻いた首から上まで赤くなっている。

「あ、もしかして照れてたり？」

「っ！　そ、そんなわけないじゃないっ。バカ」

「えぇー⁉」

そんな台詞《せりふ》を最後に、エレナは早足で教室を去っていった。

（も、もしかしなくても怒らせちゃったよな……）

彼女と険悪な関係になるのはごめんだ。

「あとで謝らないと……な」

からかったつもりはないことを伝えたのなら、きっと許してくれるだろう。

次に顔を合わせたら謝ることを心に決め、残りの食事を済ます。

そうして昨晩のうちに読み終わったラブロマンスの本を持ち、返却のために図書室に足を運ぶことにした。


「うん。やっぱり人はいないな」

図書室の扉を開け、ガラガラの室内を見て呟《つぶや》く。

ランチタイムからある程度の時間が経《た》った今だが、昨日同様に図書室には誰の姿も見えなかった。

(まあ、人が少ない方が好都合なんだけどね)

後ろ指をさされながら学園生活を送っている分、人のいない場所は心を休められる唯一の場所なのだ。

「さてと、まずはルーナを探そう」

図書室に足を運んだ理由は大きく分けて二つ。

昨日借りた本の返却。

次にルーナにオススメの本を紹介してもらうため。

彼女からオススメされたラブロマンスは女性向けであったものの、十分に楽しむことができた。

紹介してもらうことでルーナの読書時間を奪ってしまうのは申し訳ないが、次はどのような本を紹介してもらえるのか、それを楽しみにこの場に足を運んでいた。

(返却は最後でもいいから、まずは二階から探してみるか)

昨日、たくさんの本を抱えて歩いていたルーナと出会ったのは二階。

同じようなサイクルで動いているなら、そちらにいる可能性は十分ある。

「早めに見つけられるといいけど……」

この図書室はかくれんぼができるほどに広く、死角も多いのだ。お互いに出会わなければ相当な時間を使うことになるだろう。

『まずはラブロマンスのある本棚から……』なんてプランを立てながら階段を上る。

そして、二階に着いた瞬間だった。

「んっ!?」

「ん？」

いきなり聞こえてきたビクッとしたような声。

その声に振り向くと——読書スペースで勉強に取り組んでいた一人の男子生徒と目が合うのだ。

短く整えられた赤髪に、綺麗《きれい》な紫の瞳。どこかエレナと似た特徴を持つ男子と。

（あれ？　この男の人、どこかで見覚えがあるような、ないような……）

ベレトの記憶からモヤモヤとしたものを感じ取る。

「……」

「……」

この間、彼とはずっと目が合っている。無言だからか、気まずい時間がずっと流れている。

（あぁ……。これってあれか。俺は相手のこと知らないけど、相手は俺のこと知ってるみたいな……。『どん』って言ったのはあっちだし、ずっと俺のこと見てるし……）

確証はない。だが、状況的に言えばこれが自然である。これ以外の考えは思い浮かばない。

だからこそ、失礼のないように振る舞うしかなかった。

「どうもぉ～」

『あなたのことはもちろん知ってますよ』なんて匂わせられるように、とりあえずフランクに挨拶することにした。

＊＊＊＊

「ご、ごきげんよう……。ベレト様」

ベレトの挨拶を返した人物──アランは心臓が早鐘を打っていた。全身に避難警報を鳴らしていた。

（な、な、な……⁉　なぜ侯爵家のご令息、ベレト様がこんなところに……⁉）

ベレトが図書室を利用している、なんて情報が出回ったことは一度もない。

アランは予想外の、ありえない状況に直面していたのだ。

「こんな時間から勉強してるの～？　偉いね～」

「い、いえ。そのようなことは……！」

両手を振り、否定しながら上半身を仰《の》け反らせて距離を取る。

（噂《うわさ》を鵜呑《うの》みにするなって姉様から言われてるけど、やっぱり無理ッ！　圧が怖いんだ！　間延びした声も怖いっ！）

ニッコリしながらゆっくりと近づいてくるベレト。背後に禍々《まがまが》しいものを感じ、アランは青い顔になっていく。

「ええ～？　そんな謙遜しなくていいのに。今はなんの勉強をしてるの？」

「そ、その……経営関係です」

「経営⁉　へえ、経営かぁ」

とうとうベレトは目の前にきた。

助けを呼べないこの状況。嫌な予感は止《とど》まることなく溢《あふ》れてくる。

「実はさ、俺の知人の弟さんも同じように経営関係のことで悩んでるらしくてね。不躾《ぶしつけ》で申し訳ないんだけど、どんな勉強をしてるのか参考までに少し見せてもらってもいいかな？」

「なっ……」

（そ、そんなこと言ってノートを破るつもりだな……⁉　あなたの噂、僕は知ってるんだから……‼）

「やっぱりダメ？」

「っ、い、いいえ……！　そのようなことは！　ど、どうぞ！」

（それがわかってても無理！　断れるわけがないよ……‼）

伯爵家と侯爵家。立場が上なのは相手である。

そして、これはトカゲの自切と同じ。自分の身を守るために震える手で渡した。勉強の結晶とも言える大切なものを……ベレトに。

　これからされることへの怒りを抑えなければ……と、決意した瞬間だった。

「いきなりごめんね。ありがとう」

「っっ⁉」

　軽く頭を下げ、申し訳なさそうに受け取ったベレトが目に入る。

（え？　い、今……頭を下げられた⁉　僕よりも身分の高いベレト様が……⁉）

　見間違えなんかではない。それを証明するように、ノートにシワがつかないように丁寧にページを捲《めく》り、読んでいるベレトがいるのだ。

（こ、こんなことが……。こんなことが……）

　悪い噂とは真反対の態度。それはもう頭を金槌《かなづち》で殴られたような衝撃である。

「ねえ、君はこの勉強をどのくらいからしてきたの？」

「僕は……十二歳の頃からです」

「十二歳から⁉」

「は、はい……」

（『遅すぎ。やる気あるの？』とか言われるのかな……。『君には無理だよ』とか言われるのかな……）

ネガティブに考えるが、それは杞憂《きゆう》だった。

「へえ、それは本当に凄《すご》いね。この内容を見ればどれだけ頑張ってきたのかわかるよ。もちろん、毎日継続してやってることも」

「えっ……」

「読み返しができるように綺麗にまとめて、わからないところは注意書きして。自虐的なことを言うつもりはないけど、真似《まね》しようと思っても俺にはできないよ」

真剣な顔で、お世辞を感じない物言いに言葉が出ない。本心から言ってくれていることがわかる。

（悪い噂なんか、嘘《うそ》っぱちじゃないか。こんなにも謙虚で寛大な方だったなんて……）

「こんなに勉強しているなら、知識面ではある程度戦えるんじゃないの？　見たところ、かなり幅広いところまで押さえていると思うし」

「いえ、僕なんかまだまだです……」

「そう？　だけどこの頑張りはきっと報われるよ。その努力は誰にでもできることじゃないから」

「も、もったいないお言葉をありがとうございます！」

「いやいや。あっ、見せてくれてありがとね。知人の弟さんもこのくらい頑張っていたら安心なんだけどなぁ」

　高圧的な態度もなく、意地悪をするわけでもなく、努力を褒めてくれた。

　さらには知人の弟を心配するベレトを見て、印象は完全に変わった。

（姉様の言っていたことは本当だったんだ……）

『……優しいわよ。彼は。案外いいヤツね』

『ベレトは不器用な人間なだけよ。侯爵の評判を落とすために、別の貴族が躍起になっているってところかしら』

　昨夜、エレナの言っていたことが頭の中をよぎる。

（ベレト様にはこれという欠点がない方だから、悪い噂を流すしか評判を落とす方法がないんだ……）

　こうして接したことで納得できた。点と点が線で繋《つな》がった瞬間だった。

「ちなみにさ、君は父君や母君の押しつけでやらされてるわけじゃなくて、自分がやりたいと思ってやってるんだよね？」

「もちろんでございます」

「ならさ？　君が悩んでいることって知識の面ってよりも、土台の面だったりしない？」

「ど、土台……ですか？」

「そう。簡単に例を挙げるとコンセプト的な。自分で考えなきゃいけないところだね。もちろんある程度は考えてるんだろうけど、実際にそれでいいのか探るためにもっともっと知識をつけようとしたんじゃない？」

「っ‼」

「お？　当たってそうだね。見させてもらった感じ、そうなんじゃないかって思って」

言い当てられ、微笑《ほほえ》みを浮かべられた時、アランの中には恐怖の二文字は消えていた。

（べ、ベレト様は一体何者⁉　あんな短時間でここまで当てられるはずが……）

驚愕《きょうがく》だった。こんなに聡明《そうめい》な人ならば、もっと別な噂が轟《とどろ》いてもいいはず。

それこそ、『本食いの才女』ルーナ・ペレンメル嬢のように。

それがないということは、目立たないことで平穏な生活を送ろうとしているのだろう。

だが、その実力を知った貴族がベレトを恐れ、評判を落とそうとしているのだろう。

（この人ならば、ベレト様ならば、僕は頼ることができるかもしれない……）

先ほどまで悪い人だと見てしまっていた。敬遠していた。だからこそ都合のいい人間になってしまうが、それでも――。

「あ、あの……。べ、ベレト様……。失礼を承知でお願いするのですが、お時間がありましたら僕の考えた案を聞いていただけないでしょうか……」

勇気を持ってお願いする。深々と頭を下げる。

「え？　ああ。力になれないかもしれないけど、それでもよいなら」

「あ、ありがとうございますっ！」

（僕が敬遠していたのは感じていたはずなのに、こんなにあっさり……。ベレト様はなんて慈悲深いお方なんだ……）

「それじゃあ、正面の席を失礼するね」

「あ、お席は僕が引きますので……！」

「いや、このくらいは自分で。自分は好きで相談に乗るんだから」

「っ！」

アランはこの言葉でさらに確信する。悪い噂は真実ではなかったのだと。

（僕が間違っておりました……）

心の中で深く反省するアランは、スイッチを切り替える。一分一秒を自分のものにするために、真剣な表情に変えてベレトに向かい合う。

――本棚から頭を出し、この現場を見つめる女の子がいたことに気づくわけもなく。

（うーん。このイケメン君、本当の本当に誰なんだろ……。ベレトと知り合いじゃなければ相談に乗ってほしいなんて言わないだろうし……。早く思い出さないと絶対ヤバいよなぁ……）

＊＊＊

『僕のことわかりますよね？』

なんて彼に聞かれたら一発アウトである。

彼と対面する自分は、冷や汗を流しながら話を聞いていた。

「あのですね、僕……お父様のご意向で新店を任されることになったんです」

「え、その歳《とし》で？」

「はい。僕のお父様とお母様は複数のレストランを経営しておりまして、その関係で」

「なるほど……。そんな事情もあって若いうちから勉強を始めていたんだね」

（なんかエレナが話してくれた内容と似てる気がするけど、さすがに気のせいだよなぁ）

赤髪。紫の瞳。エレナと酷似した点はあるが、顔が似ていると言われたら似ているような気もするが、性格がかなり異なっている。

それに加えてエレナの弟ならば、ベレトはその記憶を持っているはずだ。

彼の素性は気になるところだが、このタイミングで探るような真似をすれば必ず違和感を持たれるだろう。

とりあえず『僕のことわかりますよね?』を言われないように会話をリードする。

「それで本題に移らせてもらうんだけど、君がどのようなお店を考えているか、そこを教えてもらっていい？　そこが君の引っかかっている箇所でもあるだろうし」

「承知しました」

ハキハキした返事の後、彼は口にする。

「僕の目指すレストランは、どのような客層にも……貴族にも庶民にも満足していただけるお料理を低価格で提供すること。そして、食材の無駄をなくすこと。この二点を考えています」

「そっか。料理の提供と値段設定については、仕入れが大きく関わってくるからなんとも言えない部分だと思うから……食材の無駄をなくす工夫は?」

「はい。在庫の品が余り、安全に食べられる期限を過ぎた場合、僕のお父様やお母様が経営されているお店では全て廃棄されています。僕はそのサイクルを変えたいと思っているんです。廃棄される前にできるだけ調理をして、食事に困っている方に無料でご提供したい。そう考えています」

「ほーう。なるほど……。それはいいアイデアだね。とても理想的な方針だと思う」

「ありがとうございます‼」

（本当、若いうちから凄いことを解決しようとしてるんだな……）

強い気持ちで訴えてくる彼に感心するばかりだ。が――。

「だけど、だけど……レストランとしては勧められる方針じゃないよね」

「っ」

「まず、その方針に対して売り上げに影響しないことが一つ。あとはやらなくてもいい労力を従業員に強いることになるから、店に対してのメリットが少なすぎるでしょ？　心苦しいことを言うけど、貧しい人々を助けても見返りはないに近いし、『貧しい人を助けているお店』なんていい噂《うわさ》が広まらない可能性だってある」

「……」

（祖父が経営するレストランでバイトしてた頃、彼と同じようなことを質問したことがあるっけ……俺も。食材を廃棄しながら）

こう質問をすれば『勉強になるから』と、さまざまなことを教えてもらった。その体験がなければ、このように言うことはできなかっただろう。

理想を叶《かな》えたいと願う相手に酷《ひど》い言葉をかけているのは承知しているが、利益を考えたら仕方がないこと。

頼られたからには、マイナスな意見も伝えなければならない。

「一番の問題は『無料で料理を提供すること』だろうね」

「ど、どうしてそれが一番の問題なのでしょうか……」

「悪意を持った人間の手に料理が渡った時、そのリスクケアが難しいから」

「？」

大きく首を傾《かし》げた。まだ若いからこそ、想像することができないのだろう。

（やっぱりそうなるよね……。これは言いにくい話だし、避けたい話でもあるけど……）

理解してもらうためには仕方がない。

「これは仮の話だよ？　仮の話だけど、無料で料理を提供した相手に『この料理のせいで体調が悪くなった』とか、『変なものが混入されていた』とかでっち上げられたら、君はどう責任を取れる？　相手の狙いはお金なんだけど、証拠作りは簡単にできてしまうし、無罪だと戦ったところで悪い噂が必ず流れてしまう。店にとって、なにより君の家にとってマイナスの結果を生むことに繋がってしまう」

「っ‼」

「残念ながら、私利私欲のために善意を利用する人間はたくさんいる。どんな世界もいい人ばかりいるわけじゃない。それを知っている経営者だからこそ、食材を無駄にしてでも廃棄を選んでいるんだよ。その店が繁盛《はんじょう》しなければ、働いてくれている従業員の生活を守ることはできないんだから」

「……」

俯《うつむ》いて口を閉ざす彼。反論をしないというのは、上手に話を呑《の》み込んでいるのだろう。

(彼にとっては現実味のない話だろうに……。俺が彼の立場だったら、絶対認めようとしないよなぁ。大して歳も離れてない相手から言われてるわけだし……)

言葉には表せないほど凄《すご》いことをしていると思う。そして、難しいことに挑戦しようとしている者は、やはり応援したくなる。

ここからはやる気や勇気を出せる言葉、褒める言葉を重点に置くことにする。無論、お世辞ではない言葉で。

勉強の跡を見れば、それくらい簡単に言えることだった。

「ふう……」

それから十分ほどが経《た》っただろうか。予想もしていなかった相談も終わり、一人になった自分は大きく息を吐いていた。

（そ、それで、結局あのイケメン君は誰だったんだろうなぁ……。別れ際《ぎわ》もめっちゃ丁寧に挨拶してたし）

モヤモヤしたまま、頬杖《ほおづえ》をつく。

（……あっ！　ルーナに聞いてみればわかるかも！）

図書室を利用していたということは、過去にも利用していた可能性がある。

つまり、図書室登校をしているルーナなら、彼の素性を知っているかもしれない。

このモヤモヤした気持ちに一筋の光明を見つけ、本来の目的でもある彼女を探そうと顔を上げた瞬間だった。

「図書室は相談をする場所でも、頬杖をつく場所でもありませんよ。ベレト・セントフォード」

「ッ⁉」

手を後ろで組みながら音もなく現れた彼女は、相変わらずの無表情で眠たそうな金の瞳を向けてくる。

「ル、ルーナ……。もしかしてさっきの相談聞いてた？」

「あの声量でお話ししていれば、聞こうとしなくても聞こえますよ。図書室は静かな場所ですし」

「そ、そうだよね……。本当にごめんね。読書の邪魔して」

「反省しているのならいいです」

正論に反論は浮かばない。

頬を掻《か》きながら謝れば、彼女はすぐに許してくれた。

「それより、彼はもう大丈夫ですか」

「彼？　ああ、大丈夫だと思うよ。本当に強い目をしてたから、そう簡単に折れることはない……と、信じたい」

「そうですか」

そう呟《つぶや》いたルーナは、赤髪の青年が帰っていった方向に顔を向けた。

――瞬間、息を呑む光景を目撃する。

彼女の体の向きが少し変わったことで、偶然見えたのだ。

後ろで組んでいた手に経営学書が握られていることを。その本の中に、複数のメモ用紙が挟まっていることを。

(も、もしかしてルーナは彼を助けようとしたんじゃ……)

なんて思うも、すぐにただの偶然であるはずがない、と答えを出す。

そんな彼女の優しさに溢《あふ》れた姿を見れば、口を出さずにはいられなかった。

「ルーナ、ちょっと後ろ向いてくれない？」

背中に隠している本を奪うために誘導しようとした自分だが、そう上手《うま》くいかなかった。

「なんですかいきなり。背後から襲うつもりですか」

「そ、そんなことしないって」

「怪しいですね。お断りします」

無機質な声でバッサリと切られてしまう。ルーナが防御に回っているのは間違いないだろう。

そう理解した今、回りくどいことをしても意味がないだろう。要件を素直に伝える。

「ごめん、正直に言うよ。背中に隠してる本を見せてくれない？」

「……」

ルーナには珍しい返答なし。

だが、無視をするようなことはしなかった。

「いつ気づいたのですか。これでも見えないように隠していたつもりですが」

「ついさっきだよ。少し体の向きが変わった時にチラッと」

「……そうですか」

眠たげな瞳を下に向けたルーナは諦めた返事をした。

後ろで組んでいた手を、その手に持っていた本と一緒に前に出した。

（や、やっぱり……）

見間違えではなかった。たくさんのメモ用紙が挟まった経営学書を彼女は持っていたのだ。

「これはさっきの彼のために？」

「すみませんが教えられません。仮にそうだとすれば、わたしが惨《みじ》めに映ってしまいますから」

それはもう『彼のためにした』と肯定しているようなものだが、状況的に言い逃れをする方が難しいと判断したのだろう。

「ルーナ、とりあえずその本を見せてもらっていい？」

「難しい内容ですよ。これは」

「大丈夫大丈夫。あ、挟まった用紙はそのままで」

「……面白いことはなにも書かれていませんよ」

「そんなことが書かれているなんて思ってないよ」

こちらに渡す前、メモ用紙を引き抜こうとしたルーナを制して本を貸してもらう。

どうしても確認したかったのは、栞《しおり》代わりになったメモ用紙。

そのページを開いていけば、メモ用紙がどのような役割を果たしているのかを理解した。

【こちらに記されている物事の捉え方は役に立つかもしれません】

【こちらに記されているリスクを考えた上での決断力は今後、必要になる可能性が高いです】

【こちらに記されているコミュニケーションの大切さも重要になると思います】

分厚く、難しい本の内容を読破したからできる、ピックアップしたルーナのさまざまな意見。

そして最後には、【大変だと思いますが頑張ってください】なんてエールもあった。

十二のメモの全てを読み終えて本を閉じれば、タイミングを計っていたようにルーナが声をかけてきた。

「……それにしてもあなたは勇気がありますよね」

「勇気？」

「はい。彼の相談を受けただけではなく、厳しいことは厳しいと伝えていたではないですか。あなたは正しいことを言っていたとは思いますが、今回のことでなにか拗《こじ》れた場合、責任を問われていた可能性があります。あなたのご身分でも軽視できるとは言えませんよ」

「……え？　待って。あの子、そんなに偉い人なの？」

「なにを呆《ほう》けているのですか。権力の振れ幅が大きい伯爵ですが、彼の一家はトップですよ。それを知らないあなたではないでしょう」

（へ、そうだったの⁉　伯爵のトップって……。って、相談に乗っただけで責任問われることもあるの⁉　いや、そのレベルの子なら顔と名前くらい覚えててよベレト君……）

この世界で生きていけているのはベレトの記憶のおかげだが、抜けているところが最悪すぎる。

「ま、まあ、責任を問われたらその時だよ。見当違いなことで責め立ててくるなら立ち向かうし。負け戦だろうけど」

「この言葉を聞いても、相談に乗ったことに後悔はないのですね」

「相談に乗ったことを後悔するような人にはなりたくないから」

「……すみません。愚問でした」

「あはは、謝るほどのことじゃないって」

内心は怯《おび》えているが、笑い声を出して振り払う。

「今回のことで気づきましたが、ベレト・セントフォード。あなたは随分と達観していますね。大人な考えを持ち合わせていると感じました」

「そう？」

「はい。先ほどの言葉も含め、相談中にあなたは言いました。『私利私欲のために善意を利用する人間はたくさんいる。どんな世界もいい人ばかりいるわけじゃない』と。普通の学生にはこんなこと言えませんよ」

『転生したから答えられるんです』とは言えない。

眠たげな顔で鋭い意見をぶつけてくるルーナには苦笑いで誤魔化すしかない。

「そこまで達観したあなたが、『人の親切を疑うような人間にはなりたくない』と口にしていたことは覚えているので、なおのこと驚きです。お人好《ひとよ》しでおバカなのですね」

「素直に言ってくれちゃって」

この現場を見ている者がいるなら、その者は間違いなく凍りついているだろう。

いや、彼女に無理やり頭を下げさせるように動くかもしれない。

悪い噂《うわさ》の絶えない侯爵家のベレトに、男爵家の女の子が正面切って悪口を放っているのだから。

しかし、直接言われているからこそわかる。ルーナの悪口には嫌味が全く込められていないことに。

それが本当に正しかったと判断できたのは、彼女の次の発言からだった。

「汚い言葉を口にしてしまいましたが、そんなあなたはとてもかっこいいと思います。自分で自分のレールを敷いて、それが正しい道だと歩んでいますから」

「……」

「それ以外にも、責任が問われる可能性のある相談ごとに対し、自身の意見をぶつけて真剣に解決しようと動いていました。普通の方ならば『いいお考えですね』なんて彼の機嫌を取るだけですよ」

「そ、そんなことないでしょ？」

「いえ、階級社会ですからそれが普通です。なので、しっかり行動にも移したあなたはとても素敵です。一人の人間として尊敬しますよ」

視線を逸《そ》らすこともなく、当たり前というような態度で。

普段通りの無表情だが、この時だけは恥ずかしかったのか頬が朱色になっているような気がした。

「あ、ありがとう……。で、でも『素敵』って言うならルーナもその一人だよ」

「わたしはあなたと違ってなにもできていませんよ」

「ルーナだってしっかり行動に移しているでしょ？　どのような経緯があったのかは知ら

ないけど、こうして助けようとして」

トントンと学書に触れ、行動の証《あかし》を示す。

「なにも伴わない行動は、行動の意味を成しません。あなたのように助けられたわけではないので、同等と見ることはできませんよ」

「それは見方の違いだよ」

「……見方の違い、ですか」

コテリと、首を傾けたルーナ。

「彼が経営を始めて難しい問題に直面した時、ルーナの調べたことは必ず役に立つでしょ？　ルーナが調べたことは、経営を始めた時に必要なスキルと情報が載っているんだから。今回はタイミングもあって俺が適任だっただけ。長い目で見れば、今回ルーナが行動したことで得た知識が彼の力になるよ。きっと」

「そう……なのですかね」

この時、ずっとこちらを見ていた彼女の顔が下がった。どこか小さくなったような彼女はボソリと確認を取ってくる。

「間違いなく。そもそも彼の相談で困った時には、頭のいいルーナを頼るつもりだし、この手のことで頼れるのはルーナしかいないよ」

「……」

「だから、その時期がきたらよろしくね。女の子にこんなことを言うのも変だけど、同じくかっこいいルーナ嬢」

『かっこいい』と言われたお返しである。笑顔を作って覗《のぞ》き込めば――。

「……ぁ、ありがとうございます」

頭を下げたまま後退《あとずさ》りしていく彼女を止めれば、無作為に本棚から本を取り、顔の下半分を本で隠し始めた。

「えっと、大丈夫？」

「平気……です」

「本当？」

「気にしないでください」

（気にしないでって言われても、なんか本で顔を隠してるし……）

行動の意図はわからないが、これ以上触れてほしくない雰囲気を出しているルーナの気持ちを汲《く》み取り、話題を変えることにする。

「あ、そうそうルーナ。今週か来週の休日、一緒に遊びいかない？」

「……なっ、なぜそうなるのですか」

「ご飯もらったお礼をまだしてないからさ。もちろんお礼だからと言って、嫌々誘ってるわけじゃないよ」

「理由は……理解しました。しかし、お礼はそれ以外で結構です。わたしなんかと遊んでも、あなたは楽しめないですよ」

「え？　こうして会話するだけでも楽しいんだから、楽しくならないわけないよ」

「っ」

「な、なに？　俺変なこと言ってないと思うんだけど……」

自分のことが化け物に見えているのだろうか、顔を本でガードしたまま、また一歩と後退りされる。

「一日……いえ、二日考えさせてください」

「わかった。じゃあ次の返事待ってるよ」

「……はい。では、わたしはこれで」

「あっ、経営学書忘れて……ほかにも用件が……！　って、もういなくなってる……」

引き止めるよりも早く、この場を去っていった。

（ルーナってそんなに早く移動できるんだ……）

眠くはないのだろうが、いつも眠たげな顔をしている彼女なだけあって、呆気《あっけ》に取られる事態だった。

午後の授業も終了し、帰宅に向けシアと共に学園を出た際のこと。

「ふんふんふん〜」

足取りも軽く、上手……とはあまり言えない独特なリズムの鼻歌を口ずさんでいる彼女がいた。

「シア、なにかいいことがあったの？　なんだかご機嫌そうだけど」

「っ⁉　よ、よくお分かりに……」

「それはまあ……」

（さすがにその姿を見てわからない人はいないんじゃないかなぁ……。周りの生徒も『なにかいいことがあったんだなぁ』って生暖かい目で見てたし）

自身がどのように見られているか考えていなかったのだろう。本気で驚いている。

もしかしたら無意識で鼻歌を歌っていたのかもしれない。

「それで、どんないいことがあったの？」

「あのですね、私の元にベレト様への謝辞《しゃじ》をいただけたんです……‼」

「謝辞？」

「はい！」

カッと、まあるい青の瞳を大きくして興奮混じりに伝えてくる。小さな顔を近づけてくる。

「あ、えっと……その謝辞についてですが、『ご相談の件、今一度ありがとうございました』そうお伝えください、と！　お相手がお相手でしたので、私のところまでお越しになられた際にはとても驚きました！　それはもう誇らしい思いでしたっ！　えへへ……」

「あ、ああ……」

「このような気持ちにしていただき、ありがとうございますっ！」

口元に手を当ててニヤニヤを隠している彼女を見て、微笑《ほほえ》ましい気持ちになるよりも焦《あせ》りが出る。

『相談の件』で当てはまる人物と言えば一人しかいない。

そして、自分は名前も知らない彼のことをシアは知っている口ぶり……。

『権力の振れ幅が大きい伯爵ですが、彼の一家はトップですよ。それを知らないあなたではないでしょう』

侍女が知っているとなれば、ルーナが口にしていた言葉に強さが増す。

（こ、これはもう自然な流れで聞き出すしかないな……。結局、ルーナからは聞き出せなかったし……）

自分のことを『誇らしい』とまで言ってくれたシア。

であれば、『実は彼の素性を知らないんだよね』なんて言えるはずがない。これがバレたら、幻滅されてしまうはずだから。

「えっと……ちなみに、誰に謝辞をもらったの？」

「アラン様ですっ！」

「ああー彼か！　あの赤髪をした？」

「はい！」

「で、目は紫の！」

「はいっ！」

「伯爵家の！」

「エレナ様の弟御様ですっ‼」

「うんうんヘッ⁉」

順調に名を知ることができた。簡単に情報を得ることができた。作戦通りに事を進められ、ノリノリになったところで足を掬《すく》われてしまう。

それくらいに衝撃的な発言で、思わず足を止めてしまう。

（マ、マジか。確かに似てるところはあったけど……あれがエレナの弟さんだったのか。めっちゃイケメンじゃん……。いや、エレナも相当な美人さんだから、不思議なことじゃないか）

つまり、弟が悩んでいることをエレナから聞き、その後すぐに弟の相談に乗ったことになる。

いくらなんでも偶然が過ぎるだろう。

「あの、ど、どうしてベレト様が驚かれて？　もしかしてご存じではなかったです？」

「いやぁー、知ってたよ。もちろん」

「そ、そうですよね！　変なことを口にしてしまい、申し訳ありませんっ！　そのくらいのことはお知りですよねっ」

「う、うん……」

嘘《うそ》をついた代償か、意図していない皮肉を言われてしまう。

普段怒らない人が怒ったら怖いように、普段から優しく、真摯に支えてくれるシアの皮肉はグサリと心にくるダメージがある。

この話が続けばもっと心に傷を負うかもしれない。自衛のためにも早く話題を切り替えることにする。

「そ、そう言えばさ、近々遊ぶ予定ができるかもしれないんだけど、シアがオススメする場所ってある？　俺あんまり詳しくはなくて」

「お遊びする場所ですか？　複数ございますが、お相手の人数はいかほどでしょうか？」

「二人で遊ぶ予定だよ。ルーナって子と一緒に」

「え……」

この名を出した瞬間だった。今度はシアが足を止めてしまった。動揺を露《あら》わにした顔でこちらを見つめてくる。

「あ、あの……あのルーナ様ですか？　男爵家の三女で、学園で唯一図書室登校をされていらっしゃる……」

「そうそう」

(名前を聞いただけでそんな情報まで……。さすがシアだなぁ)

なんて感心していた矢先、思いもよらぬことを聞いてしまう。

「その、大変言いにくいことなのですが、ルーナ様はお遊びになられないかと……」

「へ？　どうして？」

「簡単にご説明しますと、お遊びになられるよりも、読書を好まれる方だからです」

「あ、ああ……」

普通なら納得し得ない理由だが、彼女ならば納得できてしまう。

「だけどさ、誘ったら遊んでくれそうじゃない？」

「そ、その可能性ももちろんございますが、『読書をさせてください』と全ての誘いをお断りされているのは有名なお話でして……。ルーナ様はご自身のお時間を、特に読書のお時間を一番大事にされている方ですから」

「……」

「特に男性には『あなたと遊びたくはありません』と、おっしゃることもあるのだとか。おそらく何度お断りしてもしつこくお誘いをされたからだと思いますが」

形のいい眉を八の字にして困り顔のシア。

「ちなみに、お誘いをされたのはルーナ様からではないですよね？」

疑問符を浮かべて『これならば！』との促しをしてくるが、残念ながらそうではない。

「俺からのお誘いだね……。彼女には恩があって」

「……」

今まで誘いに乗ったという前例がルーナにはないのだろう。

申し訳なさそうにしている彼女を見て、さすがになにを言いたいのかは理解する。

「よし！　シア。今の話は忘れよう。いいね？」

「は、はいっ⁉」

「じゃあ帰ろう！　うん！」

言いにくいことを言わせ続けるのは本望ではない。

断られることを知り、心が傷つくも……侍女の前だ。情けない姿を見せるわけにはいかない。

とりあえず今夜は枕を濡《ぬ》らしながら、別の恩の返し方を模索することにする。

幕間《まくあい》

その夜。

「姉様！　姉様に聞いてほしいことが……‼」

「ど、どうしたのよ。そんなに慌てて」

帰宅して早々、駆け足で向かってきた弟に目を大きくしているエレナは、課題に取り組んでいた手をすぐに止め、体の向きを変えた。

「あのね！　姉様の言う通り、ベレト様は本当に優しい方だったよ！　これから先、僕も噂《うわさ》を鵜《う》呑《の》みにしたりしないから！　絶対に‼」

「え？　な、なによいきなり……。とりあえず落ち着きなさい」

目を輝かせながら高揚している様子に戸惑うエレナだが、トントンと隣を叩《たた》いてアランを座らせ、一呼吸を置いた後に促すのだ。

「で、一体なにがあったの？　あたしにもわかるようにゆっくり話してちょうだい」

「う、うん！　今日の昼休憩中、僕が図書室で勉強をしていた時のことなんだけど――」

本題に移り、アランが興奮していた理由をエレナは知ることになる。

「──その時にベレト様とお会いして、相談にまで乗っていただいて」

「えっ？　あのベレトが？　いや、アイツはそもそも図書室を利用するようなタイプじゃないわよ。人違いじゃないの？」

「相談してもらった相手のことを見間違えたりしないよ！」

「そ、それもそうね……」

ベレトが図書室を利用している。なんて話は今まで聞いたことがない。

イメージできないのは仕方のないこと。

「でも、アイツがあなたにアドバイスなんて……できたの？　ただでさえ難しい内容でしょ？」

「正直、僕よりもベレト様が上に立たれた方が成功するって思わせられたよ。本当に情けない話だけど」

「もう。そんな謙遜しなくていいじゃない。あなたは何年も一生懸命勉強をしてきたのよ？　もろもろのことで負けるはずがないじゃない」

「……はは、謙遜ならどれだけよかったか」

「っ」

『あなたらしいわね』なんて微笑みを浮かべていたエレナだが、アランの苦笑いを見て悟るのだ。

偽りのない、本気で思ったことを言葉として口にしているのだと。

「ベレト様は僕が考えたコンセプトについて、厳しいところを明確に教えてくれたんだ。反論の余地はなかったし、僕が持ってる何倍も広い視野を持ち合わせていて、今の志の弱さまで注意してもらって……。敵《かな》わないなって本気で思ったよ。お父様とお話をしているような感覚さえあったくらいだから」

「ア、アランが本気で言っていることはよくわかったけど……」

知識のない者が知識のある者に勝てるわけがない。

言い包《くる》められた可能性を見出《みいだ》すエレナだが、『そうじゃないよ』と、アランは別の理由を挙げる。

「多分だけど、マネジメント能力が人一倍長《た》けているんだと思う。ベレト様の爵位なら幼少期から教育を受けていてもおかしくないから」

「マネジメントって、組織運営のことで合っているかしら……？」

「うん。姉様にはもうお話ししたけど、僕が経営したいお店のコンセプトに『食材の無駄をなくす』があったでしょ？　廃棄される前にできるだけ調理をして、食事に困っている方に無料で提供したいって」

「ええ、そうね」

「それに対してベレト様はこうおっしゃられたんだ。『無料で料理を提供した相手にこの料理のせいで体調が悪くなったとか、変なものが混入されていたとかでっち上げられたら、君はどう責任を取れる？』って」

「は、はあ？」

「『相手の狙いはお金で、証拠作りは簡単にできてしまうし、無罪だと戦ったところで悪い噂が必ず流れてしまう。店にとって、なにより君の家にとってマイナスの結果を生むことに繋《つな》がる』って」

「待って！　そんなこと起こるわけがないじゃない。そんな酷《ひど》い話が……あるわけないわよ」

実例を知らず、裏切りの世界を知らないエレナなのだ。少し強い言葉で否定するが、簡単に言い返される。

「いや、それは事実だと思う。ベレト様がおっしゃっていたことに対して、お父様やお母様、それに他のレストランがしている方針も同じだから」

「な、なにを言ったのよ。ベレトは」

「『私利私欲のために善意を利用する人間はたくさんいる。どんな世界もいい人ばかりいるわけじゃない。それを知っている経営者だからこそ、食材を無駄にしてでも廃棄を選んでいる。その店が繁盛《はんじょう》しなければ、働いてくれている従業員の生活を守ることはできない』……だったかな」

「あのベレトが……そんなことを……？」

エレナはこの言葉を聞いて初めて理解するのだ。

アランがコンセプトとして出した『食材を無駄にしない方法』がどうして実用に至っていないのか、を。

「こんなことを言われたら、敵わないなって思うでしょ？」

「否定はできないわね」

「こんなに筋の通ったことは普通言えないし、僕も考えられていなかった。……だけど、絶対諦めるつもりはないけどね」

「その言葉を聞けて安心したわ」

ふっと笑みが溢《あふ》れる。

「あとね、ベレト様はこんなことも教えてくれたんだ。『相談の時期を待つんじゃなくて、自分から相談できるように動くこと。君の中でプランは固まっているんだから、できるだけ早く主張して有意義な時間を作らなきゃ』って。少し相談しただけで僕に足りないことを的確に言えるって本当に凄《すご》いよ、ベレト様は」

「ねえ、それって本当にベレトだったの？」

「そうだって言ってるのに！」

「ご、ごめんなさいね。頭の中ではわかっているのだけど……」

「……本当、あのような方が学園にいらっしゃったなんて思ってもみなかったよ」

未《ま》だ疑うエレナの横で、アランは天井を見上げた。

そこで思い浮かべたベレトに羨望《せんぼう》の眼差《まなざ》しを向けているようだった。

「だからね、姉様。ベレト様に相談していただいたことを無駄にしないためにも、今日の放課後にお父様のお店に足を運んで……相談を早めてもらうようにお願いしてきたんだ」

「あっ、だから帰宅が遅かったのね。って、怒られなかったの⁉　仕事中に足を運ぶのは禁止されているでしょ⁉」

「それが褒めてもらえたよ。『感心したぞ』って。内容が内容だったからだと思うけど」

「そ、そう……。それならよかったわ」

当たり前のことを当たり前にこなし、ルールを破らなければ優しい父親だが、これに反したことをした場合、それはもう恐ろしい父親になる。

顔を思い切り強張《こわば》らせたエレナだったが、すぐにホッとした表情を見せた。

「でも、アイツのおかげで相談にきたってことがバレたら怒られそうね？」

「それが……『誰の入れ知恵だ？』って笑いながらツッコミを入れられたよ。お父様には僕の行動が読めていたみたい。『誰かに言われなければこんなことはしないだろう？』って」

「そ、そう。相変わらずね、お父様は……」

「ははっ、本当にね」

伯爵トップにまで上り詰めた能力は、こんなところにも使われているのだ。

そうして、一つの話題が終わると同時に空気が和らぐ。

そんな時、アランは口にした。

「それにしても僕、凄く運のいい偶然が起きてるよね」

「偶然って？」

「姉様も言っていたけど、ベレト様が図書室を利用されている話は聞かないでしょ？　だから……さ、ベレト様が〝たまたま〟図書室を利用されていなかったら、こんな貴重な相談をすることはできなかったから」

「……その通りね。アイツがたまたま……たまたま………あっ」

「姉様？」

言葉を噛《か》み砕いた途端、エレナはなにかに気づいたようにハッと口元を手で押さえた。難しい話も終わり、雑談の空気になったからこそ、彼女は柔軟な考えをすることができるようになったのだ。

「アラン、もしかしたらその件、偶然じゃないかもしれないわ……」

「ど、どういうこと？」

「……実はね、あたしもベレトに相談したのよ。弟が経営関係のことで悩んでるってこと、お昼休憩が始まってすぐに」

「つ、つまり？」

「つまり……その、可能性としてだけど、悩みのあるアランが図書室に足を運んでいると予想して、ベレトも図書室に足を運んだんじゃないかしら……。アランの言う通り、ベレトがマネジメントを勉強しているのだとすれば、ある程度の悩みを聞ける自信はあるでしょうし……」

「ッ！　そ、そう言えば僕と会った時、ベレト様は凄くニッコリしてた……。も、もしかしたらその笑顔って『やっぱりここにいた』って笑顔だったのかな……」

「も、もうそれ間違いないじゃないっ！」

ベレトの知らないところで、とんでもない解釈が生まれていた。

「ア、アイツ……相談に乗ったくせして午後もしれっとしちゃって……！　本当カッコつけてるんじゃないわよ……」

「姉さん、赤面してる……」

「こ、これは怒りよ！　当たり前でしょ！」

実際、アランの素性を知らなかったベレトであり、図書室を利用したのも私用のためだが……この勘違いはベレトの好感度を上げる大きなキッカケになっていた。

第五章　距離の縮まり

「ねえ」

「……」

「ねえってば」

「ん？」

　その翌日。今朝の教室でのこと。

　いつも通り孤立した中で、ぼーっとしていたところに隣から声がかかる。

　ゆっくり振り向けば、そわそわしたように、首に巻いたチョーカーを触っているエレナがいた。

「あ、おはよう。エレナ」

「ご、ごきげんよう」

「……」

「で、それだけなの？　あなたが言うことは」

「え？　ごきげんよう？」

「それだと挨拶を二回もすることになるじゃない。はあ……」

肉づきの薄い口からため息を吐《つ》いたエレナは、呆《あき》れたようにジト目を向けてくる。

不服そうな顔をしているが、その理由に心当たりが見つからない。

「昨日《さくじつ》みたいにしれっとするつもりなのね。残念ながらもう聞いたわよ。あなたがアランの相談に乗ったこと」

「ああ、その件か」

「『その件か』じゃないわよ。相談に乗ったのなら、昨日のうちにあたしに言いなさいよ。……そうしたら、褒めてあげないこともなかったのに……」

――ボソリ。

ボソリと呟《つぶや》いた彼女だが、その声は耳に届いていた。

「ごめん。事前に相談を受けてたわけだし、確かに言うべきだったね」

「本当にそう思っているのかしら。なんだか言葉が軽く感じるのだけど」

「そ、そんなことないって……」

（鋭いなぁ……。実際、彼がエレナの弟さんだって知らなかったから言えなかったわけで……）

故意に伝えなかったわけではない。仕方がなかったのだ。

「あ、あのさ。一つ聞きたいんだけど、自宅でのアラン君の様子……どうだった？　大丈夫そう？　言いにくいことなんだけど、厳しいことも言っちゃってさ」

「心配いらないわよ。傷つくどころか目をキラキラさせてあなたのこと褒めていたもの。少し対応に困ったくらいなんだから」

「そっか。それならよかったよ」

嬉《うれ》しい報告に頬が少し緩んでしまう。

昨日は『もう少し言葉を選ぶべきだった』なんて反省もしていたのだ。

胸のモヤモヤが晴れた気分だった。

「ね、ねえ……。その……ベレト？」

「ん？　なんかシアみたいな感じになってるけど」

「からかうなら叩《たた》くわよ」

「ごめんって」

「……と、とりあえずありがとね。あたしの悩みを聞いたあと、アランの相談に乗るためにわざわざ探してくれて……」

彼女らしいと言えるのか、どこか恥ずかしそうに投げやりな口調で感謝を伝えてくる。

しかし、その感謝には意味がわからない箇所が存在する。

「えっと、なんのこと？」

（俺は別にアラン君を探したつもりは……。そもそも偶然会ったわけだし……）

「やっぱりそこは知らないフリをするのね。でも無駄よ。それ以外にあなたが図書室にいく理由はないじゃない」

「……」

（俺は本の返却とルーナに用事があったから図書室に寄ったんだけど……）

「ねえ、あなたって今までずっとそうやって過ごしてきたの？　褒められることをしたなら黙っておかなくてもいいじゃない」

（ど、どうしよう。冗談抜きで話についていけない……）

このままとぼけ続ければ、間違いなく話が拗《こじ》れてしまうだろう。

とりあえず、今理解できていることを掬《すく》って会話を成立させることにする。

「『褒められることをしたなら』って言うけど、別に俺はお礼目的で相談に乗ったわけじゃないから、周囲に知らせる必要はないよ」

（あの時は『僕のことわかりますよね？』って言われないように必死なだけだったたし）

「ふーん。大した言い分だけど、あなたの場合は周囲に知らせる必要があるんじゃないの？　悪い噂《うわさ》があるくせに、なにカッコつけてるのよ」

「あ、あはは。それは一理あるかも」

「まったく……」

当たり前のことを言ったつもりだが、悪い噂の絶えないベレトとして生きている今、正論パンチを食《く》らってしまう。

「とりあえず、あたしのお父様があなたに目をつけたってこと言っておくわ」

「なんでそうなるの？」

「あなたがアランに的確なアドバイスしたからよ。その一件がお父様に伝わったの。それだけじゃなくて、『ベレト君とはどのような男だ？　詳しく教えてほしい』って、あたしに聞いてきたくらいで。こんな風に聞かれたのは初めてなのよ？」

「なにそれ。なんか怖いんだけど」

「い、一応……いい風には伝えておいてあげたわ。感謝しなさい」

「それは嬉しいけど、目立つようなこと言わなくていいよ？　むしろ悪いこと言ってよかったのに」

エレナの父親は伯爵のトップに君臨しているのだ。

そんな相手から注目をされることほど怖いものはない。素直な気持ちを言葉に出せば、彼女は目を大きくしてなぜか驚いた表情を見せた。

「っ、あなた……本当に賢いのね」

「はい？」

「お父様がおっしゃっていたのよ。『このことを伝えて、ベレト君が自分の評価を落とすように言うのなら、なお賢い男だ』って。能力がある人ほど仕事を任されたり、重責を担《にな》ったりするから目立つことは控えるらしいから」

「そ、そんなことないでしょ」

「――そして、このように言えば根拠なく否定するらしいわ。お父様いわく」

「えっと……」

（いや、なにその千里眼みたいなの……。確かに前の記憶があるから、他よりはアドバンテージがあるだろうけど……）

こうして聞いているだけでも、全てを見透かされているような、気味の悪い感覚に襲われる。

「言葉通りになった場合は報告してって言われているけど、まさか全部当たるなんて……」

「いや、別に俺は賢いわけじゃないし」

「賢い人ほど学ぶ姿勢があって、常に新しいものを取り入れようとするから、そんな感覚になるらしいじゃない。これもお父様の言葉だけど」

「へ、へえ……」

(だからなんでそう話が繋《つな》がるの⁉)

常に新しいものなど取り入れているつもりはない。全部誤解なのだ。

「そもそも、あなたが賢いことを否定するのは無理な話よ。アランの専門的な相談にアドバイスを送れているのだから」

当たり前のことを言っている様子であり、自身の考えを疑ってすらいない態度。

「一つ聞きたいんだけどさ、エレナの父君はなにをするつもりなの……？　言葉通りになった時の報告を聞いて」

「それはあたしにも想像がつかないけど、婚約させようとするんじゃない？　政略結婚って言うのかしらね」

「え？　誰と？」

「……あなたと」

しなやかな指をこちらにさしてくるエレナ。次に——。

「あたしを」

当たり前の顔で自身をさして。

「はっ⁉」

「なによその声。あたしじゃ不満ってわけ？　これでもあたし、たくさんの貴族から求婚されているくらいなんだけど」

「いや、そんな意味じゃないって」

政略結婚なんて、転生した自分にはなかなか現実味のないことなのだ。

「そもそもエレナはそれでいいの？　俺、悪い噂ばっかりあるわけでさ。反対すればいいのに」

「や、やらかしたのよ。賢いなら察しなさいよ……」

「いやいや、そのやらかしは想像つかないって」

ムスッとした顔で頬を赤らめているエレナに、冷静なツッコミを入れる。本当に不思議でしかないのだ。

「い、言いたくないわ」

「やらかしたなら責任を取って言ってください」

「もう……。わかったわよ」

自分以外も巻き込んでいる話だからか、素直に要求をのんでくれる。

エレナは細い腕を組み、視線をキョロキョロさせながら教えてくれた。

「そ、その……『アランを助けてくれた人に求婚を許す』みたいな冗談を弟に言ったことがあって、その冗談がお父様に伝わっちゃったみたいなのよ……。アランったら、あの相談以降、あなたのことが大好きになったみたいで」

「うわ、結局のところエレナが悪いじゃん」

「アランのせいよっ！　アランが言わなければっ！」

「言い出しっぺが一番悪いでしょー。そんな自己犠牲は褒められたことじゃないし」

「そ、そんなにあたしを責めなくてもいいじゃない……。そのくらいアランのこと助けたいって思っていたんだから……」

どこか拗《す》ねたように口を尖《とが》らせたエレナは、腕組みをやめて綺麗《きれい》な赤髪を人差し指でクルクルさせ始める。

「まあ……姉として本当に立派だと思うけどさ。その心意気、俺は好きだし」

「……」

「待って。そこで無視されると恥ずかしいんだけど」

目を合わせて訴えた瞬間、目を丸くして固まったエレナは、いつもの調子で動き出した。

「べ、別にあなたに褒められたいがために言ったわけじゃないわよ。誤解しないでちょうだい」

「そんな誤解はしないって」

（やっぱり、エレナはこの態度が一番似合うなぁ……）

一般的には高飛車な態度と言えるかもしれないが、不快感を全く感じないのが彼女の凄《すご》いところ。

「……んんむぅ。とりあえずこれ！　あなたに」

「ん？」

唐突な話題転換から、ポケットに手を入れたエレナは、なにかが入った包み紙を三つ渡してくる。

「なにこれ」

「…………チョコ」

ツンとしたまま教えてくれる。

「ひとまず昨日のお礼……。アランを助けてくれてありがとう。もしお口に合ったのなら、次はもっと持ってくるわ」

「あはは、どういたしまして。お礼はこれで十分だけどね」

「ふんっ」

鼻を鳴らしたことを最後に、エレナは隣に腰を下ろした。

そんな彼女がくれたチョコは自身の体温に触れていたせいか、少しだけ溶けていた。

それから、いつものように迎えた昼休憩。

「ねえ、あなた一人でお食事をして寂しくないの？　楽しくないでしょ？」

持参したご飯を教室で取り出した矢先、大食堂へ向かう準備をしていたエレナから心抉《えぐ》られる言葉を投げられる。

「俺、なにを言われても傷つかない人間じゃないんだよ？　エレナさん」

「べ、別に傷つけようとしたつもりはないわよっ！　勘違いしないでちょうだい」

「ならいいけど……。それで、言いたいことって？」

「あ、あたしが言いたいのは、その……わざわざ食べ物を持参してなくてもいいんじゃないの？　ってことよ。教室でお食事を済まそうとするから、いつも一人になっちゃうのよ」

「大食堂を利用しても、そこは変わらないって」

「どうしてそこであたしのこと忘れるのよ……。付き合うわよ、そのくらい。仕方なくだけど」

『ふんっ！』とそっぽを向きながらも、ありがたいことを言ってくれる。

「お？　じゃあエレナもご飯を持参してくれたら解決するね」

「なっ、なによそれ」

蜘蛛《くも》の子を散らすように避けられる恐れがある以上、大食堂には絶対いきたくない。だからこそ自分の行動を変えるわけではなく、相手の行動を変えさせる。なんてトンデモ論を言ってみるが、なぜか抵抗されなかった。

彼女は目を泳がせながら、まばたきを速めた。

「そ、それ……あたしを誘っているわけ？」

「もちろん」

「……もしかしてだけど、今朝のこと本気にしてないでしょうね？　お父様があなたとあたしを婚約させようとしているお話」

「それとこれは関係なくない？」

「ルクレールの権力は捨てがたいから、とりあえずキープするために仲良くしておこう、みたいなことを考えているんじゃないかって言っているのよ」

『正直に言いなさい』なんて眼差《まなざ》しを向けてくるが、そんなことは考えていない。いや、考える意味もない。

（まあ、以前のベレトならそんな考えをしてもおかしくないけど――）

「そもそも仲いいでしょ？　俺とエレナは。そんなことする意味もないし、打算的な考えを持って関わりたくないよ」

「っ‼」

「え？　ちょ、その反応、仲いいと思ってたの俺だけ⁉　なら今本当に恥ずかしいこと言ったんだけど……」

「べ、別に……あたしも思ってるわよ。それは……。仲良しだって……」

先ほどの威勢は途端になくなった。縮こまるように頷《うなず》いて認めてくれた。

ホッとする瞬間だ。

「あ、あたしは……『婚約のことを気にして、もっと仲良くなろうとしてない？』って意味で言っているの」

「あはは、なるほど。別にそんな照れなくても。俺も本気にしてないから」

「あっ、あなた、昨日もそうやってからかったわよね……。いい加減怒るわよ」

「そ、それはごめんって」

（もう怒ってるような気がするけど……）

なんて心の声を漏らしていれば、彼女の機嫌をもっと損ねていただろう。

「はあ……。もういいわ。とりあえず考えておいてあげるから。一週間に三回くらいだけど」

「そんなにいいの⁉」

「っ、二回にするわ。なんかあたしが楽しみにしているようで癪《しゃく》だから」

「そ、それは残念……」

(余計な一言言わなければよかった……)

最初に言われた通り、一人で食べるのは寂しいものである。楽しくないものである。回数が減ったことは残念でしかない。

「……あっ、今思ったんだけど、エレナが俺と一緒に食べることで、シアが一人で過ごすことにならないかな？　もしなるなら回数を——」

「はあ？　なに言ってるの？」

主人として当然のことを言ったつもりが、とんでもない呆《あき》れ顔を作られてしまう。

「あの子を敵に回せば、学園にはいられないって有名なお話でしょ。シアは学園で一番お友達が多いんだから」

「そ、そうなんだ……」

意外そうな反応をしてしまうも、正直、疑う余地はなかった。

言われてハッとした。シアの人柄や性格を考えれば、友達が少ないわけがない、と。

「あなたが学園に通えていたのは、侯爵の身分があってシアの主人だからよ？　この二つがなければ、とっくの昔に周りから潰されていたわ」

「シアって学園の支配者にでもなるつもりなのかな……」

「あなたが自由にさせたことで、よりお友達との仲は深まるでしょうし、意図せずしてそうなるでしょうね」

ほわほわとした雰囲気で、優しくて、明るくて、頭を叩《たた》けば『うわ～』と飛んでいきそうなほど弱々しいシア。

ゲームの世界に例えれば、楽して経験値を稼げそうな存在だが……攻撃した瞬間に仲間が集まり、数倍、数十倍の返り討ちに遭ってしまうとすれば、まさに裏ボス的な存在だ。

「さ、さすがシアだなぁ……」

改めて彼女の凄さを実感していたその時。

「あ、の……。お、おおおお取り込み中のところ大変申し訳ございませんっ！」

「ん？」

「べ、べ、べべベレト・セントフォード様！　ルーナ・ペレンメル様がお呼びになっております……！」

「え、ルーナが？」

　クラスメイトの一人に怯《おび》えながら話しかけられる。

　その言葉を聞き、教室の出入り口を見れば、三冊の本を両手で抱えたルーナが、相変わらずの眠たそうな顔をこちらに向けていた。

「報告ありがとね。助かったよ」

「あっ⁉　はい！　しししし失礼いたしますっ！」

　クラスメイトにお礼を言えば、音速の早足で逃げていった。

（あの子の耳には一体どんな噂《うわさ》が届いているんだか……。尋常じゃない怯え方だったけども……）

　今の状況を割り切っている分、驚きはないが、ショックはある。

「っと、ルーナに呼ばれたからいってくるね」

「ベレト……。あなた、彼女とお知り合いだったの⁉」

「別に驚くことじゃないでしょ？　ルーナもここの在校生なんだから」

　どうしてこんな反応になっているかわからないが、思ったことを口にしてルーナの元に近づいていく。

「昨日ぶりですね。ベレト・セントフォード」

「うん。昨日ぶり」

無表情と一定の声、両手に持った本。もう慣れた姿だ。

「本日はあなたに用があり、こちらに足を運びました。が、本題に入る前に一つよいですか。気になることがあります」

「大丈夫だよ」

了承の言葉を聞けば、ルーナは首を動かしてエレナの方を向いた。

「親しいのですね」

「まあね。一番仲がいいと思うよ」

「……そうですか。エレナ嬢が一番ですか」

「う、うん？」

（なんか声に棘《とげ》があるような……。いや、気のせいか）

「一番であるのは、エレナ嬢と家族ぐるみのお付き合いがあるからですか」

「そういうわけじゃないけど、教室で会話してくれるのはエレナしかいないからさ」

「意味がわかりません。あなたは優しい方ですよ」

「ルーナは忘れてない……？　俺、悪い噂たくさん」

「……忘れていました。確かにそうでしたね」

おどけながら言ってみれば、真顔のまま頷いた。

「ようやく理解しました。わたしに同情の視線が向けられていることを。脅されていると思われているのでしょうか」

「なんかごめんね、本当」

「いえ、わたしから足を運んだことなので」

ルーナは首を小さく左右に振る。本題前の雑談はこのくらいでいいだろう。彼女の時間を奪わないためにも、自ら本題を促す。

「それでルーナの用って？」

「昨日、お誘いいただいたことへのお返事です」

「ッ、一日、二日時間がほしいって言ってなかったっけ？」

「昨日のうちに決めましたので」

このやり取りをしている最中、脳裏にちらつく。

『その、大変言いにくいことなのですが、ルーナ様はお遊びになられないかと……』

『簡単にご説明しますと、お遊びになられるよりも、読書を好まれる方だからです』

『「読書をさせてください」と全ての誘いをお断りされているのは有名なお話でして……』

困り顔をしていたシアとの会話が。

「……」

断られることはもうわかっている。シアのおかげで昨日から覚悟ができていた。

だからこそ、呆気《あっけ》に取られる返事をもらうことにもなる……。

「お受けしますよ。今週、来週どちらでも」

「へ？」

「お受けします、と言っています」

「い、いいの⁉」

「なぜ驚いているのですか。あなたから誘ってきたことではないですか」

「そうなんだけど、ルーナは遊びの誘いを断るって聞いててさ」

「それは……時と場合です。いけませんか」

「ううん、そんなことないよ！　いやぁ、本当に嬉《うれ》しいよ。断られると思ってたから」

「そう……ですか」

（なんか……ルーナも嬉しそう……？）

しかし、顔と声はなにも変わっていない。これも気のせいだろう。

「ベレト・セントフォード。遊ぶにあたって一つ、あなたにお願いがあります。わたしは休日も読書をして過ごしているので、遊ぶような場所に心当たりはありません。ですからリードを全てあなたにお任せしてもよいですか」

少しだけ目を大きくして、ジーッとした強い視線を送ってくる。絶対に任せたい、という気持ちが伝わってくる。

「あはは、俺から誘ったことだから、俺に任せてもらって大丈夫だよ」

「ありがとうございます。では、日時についてもあなたが決めてください。わたしは読書以外の用事はありませんので、合わせることが可能です」

「わかった」

「では、用件を伝え終わりましたので、わたしはこれで」

ペコリと頭を下げたルーナは一歩後ろに下がり、早々と去ろうとする。

「あ、ルーナ。最後にちょっとだけ」

「はい」

「その腕に抱えている本ってどんなの？　この前オススメしてもらった本、面白かったから気になって」

「これは娯楽系ではありませんよ」

「あっ、そうなの？」

「はい。個人的に恥ずかしいものなので、あなたに教えるわけにもいきません。それではまた」

「あっ、うん」

追及されたくなかったのか、すぐに体の向きを変えたルーナは早足でトコトコ去っていった。

（なんか、ファッションみたいなのがチラッと見えたような……？　でも、それを恥ずかしく思う理由はないだろうし、なんだろ……。ああ言われると気になるなぁ……）

ルーナの後ろ姿を見ながら頭を働かせていると――。

「ね、ねえ」

「うおっ⁉　ビックリした」

トントンと肩を叩かれる。

後ろを振り返れば、なにか言いたそうに口を尖《とが》らせるエレナがいた。

「なにを見惚《みと》れているのよ」

「別に見惚れてたわけじゃなくて……」

「ふんっ。別にどうでもいいことだけどね」

ツンとした態度で言い切ったエレナは、声色を変えて話題をすり替えた。

「……ルーナ嬢も知っているのね、あなたのこと。あたしとシアだけかと思っていたわ」

「知ってるってなにを？」

「それ、知らないフリをしてるなら怒るわよ」

「してないって」

「はあ……」

本気であることが伝わったのだろう。呆《あき》れたように息を吐いた後、ぶっきらぼうに教えてくれる。

「な、なんて言うか……イイヤツ？　みたいな。……そんな感じよ」

「あ、あはは。ルーナがそう思ってるのかは知らないけど、オススメの本とか教えてくれるよ」

「まあそうでしょうね。あなたも随分と楽しそうに話していたもの」

「ん？　ルーナはわからないでしょ？　義務的なことを伝えにきてくれただけだし」

『も』の言葉を聞き逃さなかったことで、当たり前のことを返せば、なかなかに信じられない意見を出されることになる。

「あたしからすれば、彼女の方が楽しんでいるように見えたけどね」

「え？　エレナが見てたのってルーナだよね？　誰かと見間違えてない？」

「あたしの目が腐っていると遠回しに言っているのかしら」

「そうじゃないって！」

伯爵家トップの令嬢にそんな悪口を言えるわけがない。

そもそも、誤解であるために手を振りながら説明する。

「いや、だってルーナだよ？　本当に楽しんでるってわかるの？」

「そこはわからないわよ。あたしも」

あの真顔と抑揚のない声から判断できるの？　という濁した質問は伝わったようで、同じく濁しながらエレナも否定した。

「だけど、初めて見たのよ。あんなに長く話している彼女を。あたしの知っているルーナ嬢は、用件を伝えてすぐにさようなら、よ？」

「え？」

「それに、彼女から出向くようなことは今まで一度もないのよ。登下校以外は図書室から一歩も外に出ないのだから」

「そ、そうなの!?　いや、でもルーナだったら不思議じゃないか……」

驚きはしたものの、冷静に考えれば驚くようなことではなかった。

「一番信じられないのは、彼女が遊びの誘いに乗ったことよ」

「まあ、それは俺も驚いたよ。断られるって話はシアから聞いてたし。でも……今思えば、無理やり遊ばせる形になっちゃったのかなって」

「あなたの性格からしてそんなことはしないでしょ？」

「性格とかじゃなくて、家柄の問題？　ルーナっていろいろな人の誘いを断ってるらしいけど、その中でも俺からの誘いって断りづらくない？　これでも侯爵家の嫡男なわけで」

「そっちの意味ね。確かに他の貴族の誘いに比べたら断りづらいでしょうけど、断れないような弱い子じゃないでしょ。彼女は」

「それなら嬉しいけど、無理やりになったと思う理由がもう一個あって。実は彼女には恩があってさ、それを返す理由もあって今回誘ったんだよね？　だからルーナは、俺のメンツを潰さないようにしてくれたんじゃないかなって」

アランの相談に乗った後、ルーナは言った。

『一人の人間として尊敬しますよ』――と。

本当にそう思っているからこそ、断ることで面目《メンツ》を潰すわけにはいかない。との考えには筋が通るのだ。

「それは……一理あると思うけど、あなたに好意があるから今回のお誘いを受けたのよ。きっと」

「だといいけどなぁ……」

「間違ってないから安心しなさいよ。だって彼女、あたしのことを睨《にら》……いえ、なんでもないわ」

「ん？」

（今、『睨んで』って言おうとした？　いや、ルーナがそんなことするわけないし、一緒に話してた俺はそう感じなかったし……）

きっと、別の言葉を言いたかったのだろう。

「ねえ、ベレト。あたしに関係すること、なにか彼女に話さなかった？」

「確か……『親しいのですね』って聞かれて、『一番仲がいい』って答えたくらいかな」

「ふーん。全くもって嬉しくないけどね。あなたにはお友達がいないから」

「ははっ、おっしゃる通りで」

『一番仲がいい』のカラクリを見破ったエレナは、呆れた眼差《まなざ》しを向けてくる。

その視線は痛かった。

「それはそうと、彼女にヤキモチ焼かせたんじゃないの？　あなたは。一緒に遊びにいく約束をしたのに、『あたしと一番仲がいい』なんて言っちゃったから」

「ヤキモチ？　ははっ、ルーナはそんなお子ちゃまじゃないでしょ」

「あら？　あたしはヤキモチを焼くのだけどね。そのようなことを聞いたら」

「……」

やらかしてしまったことを悟る。

間接的に『お前はお子ちゃまだぜ！』なんて言ってしまったようなものなのだから。

（ど、どうしよ。今エレナを見るのが怖い……）

「ねえねえ。そんなことでヤキモチを焼くようなあたしは、お子ちゃまなのかしら」

圧を感じる。声に圧を感じる。

このまま肯定すれば、きっと攻撃される。

「えっと、その……俺は可愛《かわい》いと思う」

「っ、は、はあ⁉　ま、まったく調子に乗るんじゃないわよバカ……」

「ご、ごべんなざい」

細い指先で頬を思い切りつねられてしまった。

顔を真っ赤に怒られてしまった。

『お子ちゃま』と言ってしまった時点で、どのみち怒られることを悟っていた自分だった。

＊＊＊

ドーム状に設計された奥行きのある天井。横一列に並んだステンドグラスの大きな窓。

広い室内全てに明かりが届くよう設置されたシャンデリア。額縁に飾られている複数の絵画。

雰囲気だけでも楽しむことができる豪華絢爛《ごうかけんらん》な学園の大食堂で――。

「では、お先に失礼させてもらうわね」

「はい！　ランチ凄《すご》く楽しかったです！」

「わたしも楽しかったです！」

「またよろしければご一緒してください！　エレナ様！」

「ええ、もちろん」

友人と別れ、エレナが教室に向かっていた最中である。

「わっ！」

「あ、あら」

教材を抱えたシアと、ばったり出会っていた。

「ご無沙汰しております、エレナ様っ！　まさかこんなところでお会いできるなんて！」

「ふふっ、あたしも同じ感想よ。嬉《うれ》しい偶然ね」

簡単な挨拶を交わし、エレナは視線を下ろす。そして、シアが抱えているものを見ながら質問するのだ。

「それにしても、こんな時間から教材を抱えてどうしたの？」

「お恥ずかしいのですが、わからない問題がありましたので、個別で教えていただいてました」

「本当、相変わらず偉いわね」

侍女の仕事をこなしつつ、わからないことがあれば時間をかけて聞きにいく。そんな姿に感心するばかりだが、心配も湧く。

「だけど、もう少し自分を甘やかすことも大事だと思うわよ？　せっかくの自由時間なんだから」

「ご心配ありがとうございますっ！　ですが、自由にさせていただいている分、学業に生かさなければと！」

シアらしい意見だが、親友としてどうしても余計なお節介を焼いてしまう。

「それはそうだけど、体を休めることに自由時間を使うのも一つの活用方法よ。それともベレトになにか言われたりした？」

「そのようなことは！　私が自ら動いていることですっ」

「なら、疲れた体にそんなに鞭《むち》を打たなくても……」

侍女が多忙な生活を送っているのは、貴族の誰もが知っていること。

どのような説得をすれば休憩してもらえるのかと考えながら、シアの顔をよく見たエレナは……大きなまばたきを挟む。

「あら？」

シアの瞳はキラキラと輝いていた。目の下にはクマすらない。さらに全身は活気に満ち溢《あふ》れているようで——。

「もしかして……疲れていないの？」

「ベレト様のおかげでして！　えへへ……」

「ベレトのおかげ……？」

ピンとこない言い分である。

「そのお話を聞かせてもらってもいいかしら。とっても気になるわ」

「もちろんですっ」

主人の話をするのは嬉しいのだろう。ニッコニコの笑顔で首を上下させる。

そんな姿に笑みを返すエレナは、本題に入る言葉を言う。

「じゃあ早速、シアはどうして疲れていないの？　学業をこなしながら侍女のお仕事もしているんだから、普通はありえないわよ？」

「それはそうなんですが、侍女の中で私が一番楽をしている自信があるくらいでして

「……」

小さな手を重ね、申し訳なさそうにしながらもどこか誇らしげなシア。

「エレナ様はベレト様からなにも聞いておりませんか？」

「そうね。アイツったら、褒められるようなことをしても内緒にするんだもの」

「ふふ、私以外の方にもそうなんですね。『当たり前のことをしただけだから』って感じじゃないですか？」

「そうなのよ！　なにを考えているのか知らないけど、変にカッコつけちゃって」

「カッコいいですよねっ‼」

「っ、あたしはそこまで言っていないわよ。いいところを隠す人なんかいけすかないもの」

悪態をつくエレナだが、シアが突っかかることはない。

言葉の裏にある気持ちを察しているように、喜色を浮かべながら話を続けるのだ。

「あのですね、私が疲れていない理由はベレト様が方針を変えてくださったからなんです」

「ほ、方針って？」

「はいっ！　まず学園の課題が終わっていなかった場合、お仕事よりも先に取り組むことになりまして。次にベレト様が寝室に入られますと、私の自由時間になってしまいます」

『なってしまいます』との言い方に、顔を引き攣《つ》らせるエレナ。

『侍女はみんなこうじゃないわよね……？』というような表情である。

「えっと、つまり……シアの学業を優先させて、仕事量を減らしたってこと？　普通は侍女の仕事が優先で、ベレトが就寝するまで仕事を続けなければいけないでしょ？」

「そうなんですっ‼」

ベレトの自慢話に目がないのか、ぬいぐるみをもらった子どものようにウキウキしながらテンションを上げていた。

「エレナ様！　私の自由時間に残ったお仕事を続けようとすると……どうなると思いますか⁉」

「それは……ベレトに褒められるんじゃないの？　自由時間なのにお仕事をして偉い、みたいな」

「いいえ、怒られてしまうんです‼」

「怒られるの？」

「『仕事は明日でいいから早く休む』と！　ガバッと寝室から出てこられます！」

溢れんばかりの笑顔を浮かべている。

そして、その報告はまだまだ止まらない。

「それにですね！　翌朝にはやり残した場所が綺麗《きれい》になっていることがありまして」

「それって……シアの代わりにベレトが残りを掃除してるってこと⁉」

「そうだとしか思えません。『知らない』の一点張りなんですが、そのことを聞いた時だけ少し落ち着きがなくなりますので！」

「それはマヌケすぎる犯人ね。シアからすれば自慢のご主人様になるんでしょうけど」

「えへへ……。本当に自慢ですよっ‼」

大きく頷《うなず》きながらも、恥ずかしそうに目を細めている。

「本当、常識外れなことしているのね、ベレトは。シアのクラスメイトはそのこと知っているの？」

「質問された際には答えていますので……はい！」

「じゃあ、侍女の中で人気が出てきたんじゃない？　アイツ」

「そうかもしれません！　私がベレト様のお話をする時には、十人ほど周りに集まります！」

「そ、そんなに⁉」

「私のクラスメイトはベレト様の噂《うわさ》より、私の意見を信じている方ばかりですから！」

なんて当たり前に言うシアだが、そのカラクリをエレナは瞬時に理解する。

「それ、シアのおかげよ。絶対。あなたが嬉しそうにニヤニヤニヤ〜ってしながら『私のご主人様は凄いんです！』って自慢しているわけでしょ？　信じられないわけがないわよ」

「そ、そそそそんなニヤニヤはしてないですよっ⁉」

「嘘《うそ》ね。あなたの顔、今ですら溶けているんだもの」

「っっ‼」

貴族の言葉に直したら、『だらしない顔』と言われているようなもの。

周りに見られないよう、黄白色の髪で瞬時に顔を隠すシアである。

「じゃあ、そんなあなたに一ついいかしら。シアの見解も聞いておきたいの」

「は、はい？」

「ベレトのことなんだけど、休日にデートするらしいわよ。あのルーナ嬢と」

「あ？　へっ……⁉　おデートですか⁉　ルーナ様とですかっ⁉」

シアの驚きは最高潮。目を見開いて、上半身を仰《の》け反らせる。

『ルーナは遊ばない』とベレトに伝えていた本人は、こうして情報を知ることになった。

「間違いないわよ。まさかベレトがルーナ嬢とお知り合いで、遊びにまで誘っていただなんて……」

「ルーナ様からのお返事はお手紙ですよね？　エレナ様はよくご確認できましたね⁉」

「それが……実際に聞いたのよ。あたし達の教室で」

「へ？」

「説明が雑だったわね。ごめんなさい。ルーナ嬢があたし達の教室まで足を運んだのよ」

「え、えええええ⁉」

　登下校以外は図書室から一歩も出ない、『本食いの才女』ルーナ。このことはシアでも知っている。

　知っているからこそ、なかなか信じることができないのだ。

「その反応になるわよね、やっぱり。周りのみんなも驚いていたもの」

「あ、あの、ルーナ様はベレト様のことが……お、お好きなんでしょうか……⁉」

「好意は間違いなくあるでしょうね。好きっていうよりは気になっている段階じゃないかしら。ベレトは『メンツを潰さないようにしてくれた』なんて言っていたけど、自分の時間を一番大事にしているルーナ嬢よ？　そんなことあるわけないわよ」

「お誘いを全てお断りするとのお話は有名ですし……」

「『絶対に断られるから、誘うだけ無駄』なんて謳《うた》い文句があるくらいだものね」

「うー……」

二人が知っている情報に齟齬《そご》はない。となれば、やはりルーナがベレトを好きな可能性は十分あるということ。

シアは頭を抱えて唸《うな》る。

「それに、あたし睨《にら》まれたわよ。彼女に」

「睨っ——⁉」

「女の勘だけど、同じクラスだから『ずるい』とか『羨ましい』とかそんな気持ちに感じたわ」

「ううぅ……」

追加の情報にさらに唸るシア。

「ふふっ、しっかり者のあなたでも嫉妬することがあるのね」

「はっ……。そ、そのようなことは……！　ベレト様にご迷惑をおかけすることなく、誠心誠意お仕えさせていただくことが私のお仕事ですから‼」

「表情とセリフが一致してないわよ。むすーって険しそうにしてるじゃない」

「……」

嫉妬のような感情は主人を困らせてしまう。

当然、侍女が見せてはいけない感情で、隠さなければいけない感情だが、十六歳で純粋なシアはまだ会得《えとく》できていない。

彼女の性格からしても、一番相性の悪いスキルである。

「シア、あたしは誰にも言わないから、素直に言っていいわよ」

「……ベレト様には、まだ恋人様を作ってほしくないです……」

こんな促しをエレナがすれば……間が生まれることはなかった。ほっぺを膨らませながら即答したシアなのだ。

「あら、随分とぶっちゃけたわね」

「も、申し訳ありませんっ‼」

「全然構わないわよ、ふふっ。それで、どうして恋人を作ってほしくないの？」

「そ、それは……私に構ってくれる時間が減ってしまうからです……」

「え？」

『そっちの理由なの？』と含んだ言葉に、シアは思いの丈をぶつける。

「もしベレト様が恋人様をお作りになれば、ご一緒に登下校をすることもできなくなります。お屋敷でお話しする時間だってなくなります。そんなのは嫌です……」

以前のベレトとは違うのだ。

二人の距離は縮まり、親しい関係が築けている。

頑張ってきたことが報われているシアにとって、今が一番楽しい時期。テリトリーを守りたいというのが正直な気持ちなのだ。

「本当に可愛《かわい》い理由ね。あたしはそんなこと考えてなかったわ」

「では、エレナ様はどのようなお考えなんですか？」

「え……」

「エレナ様もお教えください。ここはフェアです」

『全生徒が平等な立場』を肯定している彼女にとって、シアの言葉は正論。いや、それを知っているからこそ、この言葉を選んだと言える。

「こ、これは仮の話よ？　仮の話だけど……ルーナ嬢じゃなくて、あたしを先に誘ってくれてもいいじゃないの……。って思わないことはないわ」

先ほどまでの余裕はなくなり、口を開けば開くほど声のボリュームは小さくなっていく

エレナは、視線を泳がせながら、顔を赤くしつつボソリと言うのだ。

普段から堂々としている彼女が、こんなにもしおらしくなれば、疑問も生まれる。

「あの、エレナ様はベレト様のこと……お好きなんですか？」

「な、なんでそうなるのよっ！」

「女の勘です」

「……」

今、どのような顔になっているかに触れないシアは配慮に溢《あふ》れている。

ここにベレトがいたのなら、『なんか顔が真っ赤だけど……熱出てない？』なんて怒らせる発言をしていたことだろう。

「あ、あのね。べ、別にアイツのことなんか好きじゃないわよ。あたしは」

「本当ですか？」

「そうよ」

「本当の本当にですか？」

「……」

シア、まばたきもせずにエレナを凝視する。

「も、もうそんな目で見ないでちょうだいよ……。本当に好きじゃないけど、その……アリなんじゃないかっていう風には思ってるわ。正直……」

無言の追及に負け、ツンとした態度で窓から見える景色に顔を向けたエレナは、目尻を下げて言葉を続けるのだ。

「シアも知っていると思うけど、あたしの立場だと顔も中身も知らない相手……好きでもない相手と婚約することだってあるの」

「政略結婚ですよね」

「ええ。今は学生だから求婚をお断りできているけど、嫁ぐことがあたしのお仕事だから、将来的にそれは通用しない。だから早めに見定めていた方がいいでしょ……？　こんなことを言うのは恥ずかしいけど、あたしが好きになれそうな人を」

結婚とは相手と一生を添い遂げるもの。そして、好きな人と添い遂げたいというのは誰しもが持つ願望である。

「シア、あなたには特別に教えておくけど……。今のところ、あたしの第一候補……アイツだから」

「っっ⁉」

「そ、そんな驚くことないでしょ……？　今まで誤解していたけど、アイツ結構いい男じゃない……。謙虚で、立場の低い相手にも優しくて、見返りを求めた行動もしなくて、頭もよくて。ま、まあ？　デリカシーがなかったりもするし、なんか生意気だし、それはもうカッコつけだけど、頼り甲斐《がい》はあるし……」

こればかりは素直になれない内容。ムスッとした顔で、『第一候補には十分でしょ？』なんて補足を入れる。

「だから……ほんの少し嫉妬したわ。アイツがデートすることに。醜い感情だけど、ルーナ嬢に男を見る目がなければよかったのに……」

「そう言っていただけると私は誇らしいです。ベレト様が恋人様をお作りになるのは断固反対ですが」

「シア的には、あと何年待てばベレトに恋人を作っていいと考えているの？」

「そうですね……。難しい答えですが……一年！　じゃなくて三年……？　んん、やっぱり六年……じゃなくって八年くらいです！」

「ベレトにチクっちゃおうかしら。シアがあたしに嫌がらせをしてくるって」

「っ、そのようなつもりは全くありませんよっ⁉」

八年間も待ったのなら、政略結婚が強制される時期。

エレナの主張は当然のものだが、シアだって正直な気持ちで答えただけ。

こればかりは仕方がないことだろう。

「まったく……。いつの間にか大人気ね、アイツ。実はいいヤツだったってギャップがあるからでしょうけど」

「それでも大人気ですっ」

「シアは恋人になろうとか思わないの？　アイツの」

「わ、私がですか⁉」

急に話題が飛ぶ。

「だって、飴《あめ》と鞭《むち》を一番に受けているのはあなたでしょ？　今まで厳しくされて、急に優しくされて、心理的には好きになってもおかしくないじゃない？　眉唾だけど、なんでも自分が悪いと思ってしまう。嫌われることを恐れる。世話好き。なんてタイプがそうなりやすいんじゃなかったかしら」

「……わ、私がベレト様に恋心を抱くなんて恐れ多いですよ⁉　エレナ様と違ってご身分も違うんですから！」

物凄《ものすご》い慌てようである。が、なにかしら図星でなければありえないようなわかりやすい反応である。

「確かに身分は違うけど、侍女が愛人とか側室になれないわけじゃないでしょ？　仮にシアがそう動くのなら、あたしも八年待たずにいろいろ攻めた確認ができちゃうのよね」

「っ！」

からかうような言葉を受け取り、あわあわするシアは、「でも！」と発した。

「や、やっぱり……それは好ましくありません！」

「それはどうして？」

「わ、私がそのように考えてしまえば、ベレト様に迷惑をかけてしまいますから。私はわがままで、甘えん坊で、嫉妬深いんです……。その気持ちを向けてしまいます」

「ふふっ、そのくらい別にいいじゃない」

「えっ？」

「そのくらいでベレトは怒ったりしないでしょ？　それに、どんな目的であれ今まで厳しく扱われてきたのだから、ちょっとくらい思いの丈をぶつけて仕返ししちゃいなさいよ。もしなにかあった時には、あたしが必ず守るわ」

伯爵家長女の言葉は、本当に心強いもの。

「それに、もしアイツが怒らなかったら……〝そのように〟考えても問題ないってことになるわよ？　悪い話じゃないでしょ？」

「あ、あ、そ、それは……」

シアの顔がみるみる赤くなっていく。将来、上手《うま》くいった時のことを想像したように。

「あら……。あなた、やっぱり好きになっちゃったのね？　飴と鞭が効いたのかしら」

「そ、そのようなことはないですからっ‼」

この内緒のガールズトークは、次の授業が始まるまで続くのだった。

第六章　慎ましデート

それから約二週間が過ぎたある日。

『ベレト様、本日はこの刺繍《ししゅう》の入った紺のスーツで合わせましょう』

『頭髪も整えましょう。すぐにお手伝いします』

『いいですか。集合場所には二十分前に到着するようにしてください』

『ベレト様の御服装《おみなり》や、ルーナ様の御服装《おみなり》は街中でも目立つと思います。必ず治安のよいところでお過ごしください』

キリッとした態度の……いや、ルーナと二人で遊ぶことが決まってから、どこかツンケンしたシアに見送られた自分は、教会に付属する煉瓦《れんが》造りの大時計塔の下に着いていた。

「……まだルーナはきてないっぽいな」

ここが今回の待ち合わせ場所。

周りを見渡し、彼女がいないことを確認して時計塔を見上げる。

時刻は十三時一〇分。

（あと二十分……。予定通りと）

時間を確認し、近くに設置された縁台に座ると、周りから向けられる視線から逃げるように下を向く。

（シアの言う通り、目立ってるっぽいな……。特に女性から見られてるような気がするけど、変に思われてるわけじゃないよね？　シアが選んでくれたものだし……）

シアを信頼しているものの、やはり気になる。

そわそわした気持ちを隠すように、太ももを摩《さす》っていたそんな時だった。

「──なぜ無視をするのですか、ベレト・セントフォード」

「えっ⁉」

真横から聞き覚えのある声をかけられる。

「わたしはいますよ」

「ご、ごめん！　ちょっと見つけることができなくて……。もう着いてたんだ？」

「はい。奥の縁台に座っていましたが、確かにこの位置からだと見えづらいですね」

苦し紛れの言い訳が繋《つな》がったのは、ルーナの身長が低いからだろう。

実際のところルーナの雰囲気が大きく変わっていたことで気づけなかったのだ。

普段からサイドテールに結んでいる彼女の青髪はロングに下ろされ、つばの広い帽子を被《かぶ》り、黒のワンピースに淡黄色のコートを合わせている。

普段と変わらずの無表情で眠たげな目をしているルーナだが、清楚《せいそ》なファッションとその容姿に周りからの注目が集まっていた。

「あのさ、ルーナはいつから待ってたの？　てっきり5分前くらいにくると思ってたから」

「今着きましたよ」

「それ本当？　本のセリフを借りたりしてない？」

読書好きの彼女だからこそ言ってみたが、まさかの正解だった。

「よくわかりましたね。本当は一時間前に着いていました」

「えっ、そんなに前から⁉　本当ごめん。待たせちゃって」

「気にしないでください。いつまでに到着すればよいのか、その基準がわからなかっただけですから。次からは20分前にします」

「あ、あはは……。そのことも相談しておくべきだったね」

恋愛本を読んでいれば、待ち合わせの時間はある程度はわかるはずだが、そこはフィクションと捉えたのだろう。

そして、『誘いを断っている』なんて噂《うわさ》も本当なのだろう……。

もっといろいろ予定合わせをしておけばよかったと反省が出る。

「えっと、待ってる間……大丈夫だった？」

「なにがですか」

「声をかけられたりしなかった？　その服装、ルーナにとても似合ってるし、髪を下ろした姿も綺麗《きれい》だから」

「……っ」

　途端、つばの広い帽子を深く被り直したルーナ。

「十人くらいに声かけられた？」

「そ、そんなに多くないです。四人ほどですが、なぜか全員から舌打ちをされました。意味がわかりません」

「舌打ち？　えっと……もしかしてだけど、なにも反応しなかったからじゃない？　ルーナが」

　彼女を知っているからこそ予想できる。

　無表情のまま、興味を示すこともなく無視をする、そんな姿が。

「無視をするのは当然では。名乗ることもせず、わたしが知らない相手ですよ」

「う、うーん。なんとも言えないところだけど、少しリアクションをするのはアリかも。首を振るとか」

「そうですか。それは悪いことをしてしまいました」

「まあ、大事な用件があるなら相手から先に名乗るものだし、意識して変える必要はないと思うけどね」

「そうなのですか」

二転三転してしまった発言に首を傾けるルーナ。すぐにその理由を説明する。

「知らない人を無視するって対応は、家族とか恋人からしたら安心できる行動だから」

「変な誘いに乗らない。そう信じられるからですか」

「うん。それに嬉《うれ》しいと思うよ。異性からのお誘いをキッパリ否定してくれるというのは」

「あなたもですか」

「えっ？」

「あなたもですか、と聞いています」

どこか食い気味に返されれば、上目遣いでこちらを見つめてくる。

「ああ、俺も嬉しいよ。ルーナだってそうじゃない？　もし俺が……じゃなくて、好きな人が異性に声をかけられて、満更でもない様子だったら不安になるでしょ？」

「確かに嫌な気持ちになります。あとで注意をするかもしれません」

「あはは っ、だよね。だからありがと。いろいろあったのに、嬉しい態度を取ってくれて」

「お礼を言われることではありません。わたしはあなたと一緒に過ごすために本日は出かけているわけですから」

「……ど、どうも」

（なんか、オシャレしたルーナに言われると調子狂うなぁ……）

普段とイメージの違う彼女に慣れるにはまだ時間がかかりそう、なんて思ってしまう。

正直、気を抜けば見惚《みと》れてしまいそうだ。

「って、ルーナ？　さっきから思ってたんだけど、喋《しゃべ》りながらちょっとずつ後退《あとずさ》りしてない？」

「そんなことありません」

一瞬、ビクッと肩が動いた。絶対そんなことはない反応だ。

「あ、もしかして自分の服装……ちょっと派手だから隣を歩くのが恥ずかしいみたいな？」

「そのようなことありません。……す、素敵だと思います」

帽子を触り、また深く被り直すルーナは言葉を続けた。

「誤解させてしまってすみません。これはただ緊張をしているだけですから。今まで待ち合わせすることも、遊ぶこともなかったので」

「な、なるほどね」

「それに、あなたの私服姿を見るのも初めてですから……慣れないです」

「まあすぐに緊張は解けるだろうから気楽にいこう？　これは俺にも言えることなんだけどね、はは」

「はい……。お願いします」

ペコリと丁寧に頭を下げるルーナは、言葉を続けた。

「あの、これからのご予定は」

「とりあえず商業地のロンズストリートを回ろうかなって思ってるよ。たくさんの商品があるらしいから、お互い楽しめると思う」

「わかりました。ではそちらに」

「うん！」

そんな話をつけ、目的地に向かおうと足を動かそうとした矢先――。

ルーナは予想だにしない行動を取ってきたのだ。

「その、手を……どうぞ」

なぜか華奢《きゃしゃ》な手をこちらに差し出してくる。傷一つなく、雪のように白い手を伸ばしてくる。

「お姉さまから教えてもらいました。エスコートをされる際は必ず手を繋《つな》ぐものだ、と」

「……」

（そ、そんなルールがあるの!? 段差から降りる時とかは手を繋ぐみたいなのはあると思うけど……。いや、ルーナのお姉さんが言うなら間違いないか）

一瞬、頭が真っ白になったが、すぐに納得して切り替える。

「じゃあ失礼して」

「……～っ」

一声かけ、彼女の白い手を握り、離さないように優しく力を加える。

このようなことに慣れているわけではないが、緊張を露《あら》わにすれば、お互い気まずくなってしまう。

堂々とした態度を心がける。

「よし、じゃあいこっか。どこかいきたい場所とかあったらルーナも言っていいからね」

「ぁ……あの、すみません。やっぱり手は離しましょう。こんなに緊張するものだとは思いませんでした」

「んー？　よくよく考えたらこの方が安全だから我慢してもらおうかな」

「なっ……」

（本ッ当、よくよく考えたらそうだよ。遊びに誘ったのは俺なんだから、もしルーナになにかあったら……）

責任が取れるはずがない。

そんな意味も含めて、『必ず治安のよいところでお過ごしください』とシアは忠告したのだろう。

「ベレト・セントフォード……。い、意地悪するのはどうかと思います。そんなに緊張させたいのですか」

「先に提案してきたのはルーナだからね」

「も、もう」

「あはは」

プルプル手を振って離そうとされるが、自分の力をさらに加えたらすぐに諦めてくれた。

抵抗する力は本当に弱かった。

それから辻馬車《つじばしゃ》を利用し、賑《にぎ》わいに溢《あふ》れた商業地にたどり着く。

ルーナは落ち着きなくキョロキョロと周りを見渡している。

学園では静かな図書室で過ごし、休日は静かな自室で読書をしている彼女からすれば、活気に満ちた場所は慣れないながらも新鮮に感じるのだろう。

「……人、たくさん増えましたよ」

「さすがは商業地だね」

「このような中でも……手を繋いだままですか」

「むしろ人が多いから繋いだままの方がいいと思う」

(こんなところではぐれたりしたら終わりだし……)

はぐれても大声を出すようなルーナではないだろう。つまり、場所を知らせてくれないということ。

こちらとて人が多い中で手を繋ぐことは恥ずかしいが、何事もなく過ごせるように我慢するしかない。

「予《あらかじ》め言っておきますが、もしこの現場を学園生に見られ、変な噂を流されたとしてもわたしは責任を取れませんよ」

「最初に繋ごうって言ったのはルーナだけどなぁ」

「今もなお、手を離さないのはあなたです」

『これが証拠』といわんばかりに繋がれた手をぷらぷら動かし、力を入れていないことをアピールした。

もちろん、こちらが力を入れているために手が離れることはない。

「まあ、噂《うわさ》が流れた時はお互い頑張ろうね」

「あなたの余裕がとても疎《うと》ましいです……。不可能なことを言いますが、あなたの『慣れ』を半分もらいたいです」

「半分も？」

「本音を言えば、全てですが。そして、あなたをからかいます」

「ははは、それは勘弁願いたいなぁ」

（って、別に慣れてるわけじゃないよ？　俺も……。ただ、ルーナになにかあった時のことを考えた時の怖さが勝っているだけで……）

ルーナは学園で特例をもらうほど賢い女の子。

男爵家の中でも手塩にかけられているのは間違いないだろう。

生半可な責任の取らされ方はされないはず。そんな恐ろしいことを考えれば冷静にもなれる。

もしも彼女がこちらと同じ立場だったら、今の形勢は必ず逆転していたはずだ。

「って、これは間違いなく言えることだけど、俺よりも慣れてる貴族はたくさんいるよ。あの学園に。むしろ俺は慣れてない方だし」

「信じません」

「だって、夜会中に男女で抜け出す貴族は結構いるからさ。なにをしているのかは想像に任せるけど」

「っ」

ベレトの記憶を辿《たど》り、根拠を述べた瞬間。ルーナは勢いよくこちらを見上げてきた。

読書を優先していることで、夜会に参加したことが一度もないからこその驚きだろうか、眠たそうな目は、動揺しているように揺れていた。

「そ、そのようなことは絶対にありえません……。わたし達はまだ未成年ですよ。接吻《せっぷん》を行うだなんて……」

「え？」

「そんなふしだらなことを、結構な人数がしているはずありません」

（いや、ちょっと待って。そこで想像するのキスなの……？　って、ルーナの中でキスの基準は成人してからなんだ……）

想像していたものより、かなり優しい内容に呆気《あっけ》に取られてしまう。

「その顔はなんですか。わたしはなにも的外れなことは言っていませんよ」

「ま、まあ……」

「曖昧な返事ですね。キスをしているとでも言うのですか。本当に」

「いや、その……」

（キスよりもっと凄《すご》いことをしているというか……）

夜会を抜け出した後にすることの上限がキスで、未成年がキスをしているはずがない。なんてガチガチの貞操概念を持っているルーナには言えない。言えるはずがない。

「いや、ごめん。キスしてないかも。うん」

「はい。しているはずがありませんよ」

自信たっぷりなオーラを出しているところを見て理解する。本当にそう思っているのだと。

「あ、あのさ、ルーナ。ラブロマンスの本には未成年でキスしてる描写もあると思うんだけど、あれは大丈夫なの？」

「ラブロマンスはフィクションですよ」

「な、なるほど」

間違いなく言える。ルーナはシアと張り合えるほど純真な心を持っていることに。

「あの、話を戻しますが、であれば夜会を抜け出す男女は一体なにをするのですか。あなたの話し方からするに、ただお話をするだけではありませんよね」

「……」

「教えてください」

（いや、ちょっと。それマジか……）

とんでもないキラーパスだ。

ルーナが考える最大限の行動。『キス』を否定した今、じゃあなにをするのか、という疑問が生まれるのは当然だろう。

「えっと、なんだったっけなぁ……？」

「知らないはずがありません。あなたは夜会に参加したことがあり、実情を知っている口ぶりをしていました」

「あ、あはは……」

「なにをするのですか」

とてつもない探究心が伝わってくる。

「えっと、それはね……」

「はい」

「それは、それは……」

「それはなんですか」

いつもの時間確保作戦を実行し、頭を高速回転させる。

「え、えっと……うん。そう！　月を見ながら静かな場所で談話するんだよ。その時に手を繋ぐこともあるよ」

「なるほど。それはとても楽しそうですね。あなたが手を繋ぐことに慣れている理由にも納得です」

「うんうん」

「つまり、あなたも淑女を取っ替え引っ替えしているわけですか」

「へ？」

（ちょ、なんかルーナの視線が痛い……）

この時、手に力も込められた。

「いや、それは誤解。誤解だって！　俺は挨拶だけして帰ってるよ。いつも」

「そうなのですか。読書と同じように夜会も楽しいものだと聞きますが」

「まあ普通の人にはそうなんだろうけど……俺には悪い噂があるせいで誰も相手にしてくれないんだよね」

「理解しました。お話を聞くだけで情景が浮かびます。可哀想《かわいそう》です」

「ねえルーナ。なんか嬉《うれ》しそうにしてない？　人の不幸を楽しんでない？」

「気のせいですよ」

首を横に振り、またまた帽子を深く被《かぶ》り直したルーナは、顔を隠すように下を向いた。

「……あの、なにか話題をください。なくなりました」

「あ、ああ。それじゃあ……そうだな。突然で申し訳ないけど、俺の悩み相談に乗ってくれない？」

「わかりました」

「ありがとう。っと、その前に、ルーナはシアのこと知ってるっけ？」

「はい。あなたの専属侍女ですよね。それがどうかしましたか」

「なんか最近になって、シアの様子が少し変でさ。怒ってるわけじゃないと思うんだけど、ツンってした態度を取ったり、少し素っ気ない感じがあったりして――」

＊＊＊

（……悪くないですね。このような時間も）

ガヤガヤと賑わいに溢れる商業地の中。

慣れない空気に不安を抱えるルーナだが、ベレトと手を繋《つな》いでいるだけで安心感に包まれていた。

(恋人がいる方は毎日このような時間を過ごしているわけですか。正直……羨ましくありますね)

読書をするだけで充実していたルーナにとって、今日の遊びは、デートは初めての体験。

(時間に限りがあることを鬱陶しく思ったのは、読書以来ですか)

読書をすることと同じくらいに楽しんでいた今。

「ルーナはシアのこと知ってるっけ？」

「はい。あなたの専属侍女ですよね。それがどうかしましたか」

「なんか最近になって、シアの様子が少し変でさ。怒ってるわけじゃないと思うんだけど、ツンってした態度を取ったり、少し素っ気ない感じがあったりして——」

「……」

(悩みの相談で、お相手が侍女とはいえ、女性の話題を出すのは少しいただけませんね。それだけ心配しているというのはあなたらしいですが)

モヤッとした気持ちは一瞬。

（もし、わたしが上手に相談に乗ることができたら、もっと親しくなれる可能性がありますね。……エレナ嬢よりも）

聡明《そうめい》なルーナは早くも先の展開を見ていた。好機とも思っていた。

「ルーナはどう思う？　シアの様子が変わった原因について。やっぱり俺に原因があるのかなぁ……。特に変なことはしてないはずなんだけど」

「まずは変わったと気づいた日を明確にするべきだと思いますよ。それから、その日になにがあったのか探るべきかと」

「感じた時から日も経《た》ってるし、明確にするのは難しいかもなぁ……。ルーナと遊ぶ約束をした頃なのはわかってるんだけど」

「……それが答えでは」

険しい顔をしている彼に、一拍置いて言う。

「え？　それが答えって？」

「あなたが、わたしとその……デートと言いますか、一対一で遊ぶ約束をしたことで様子が変わったのでは」

「つまり、えっと……」

「羨ましい、もしくは嫉妬をしたということです。時期を考えるに、それ以外ないと思いじゃないかなって」

「まあね。何事も完璧にこなすシアだから、仮にそう思ってたとしても顔には出さないん

「普段の様子からは想像できませんか」

「んー……」

ます」

「一つ質問ですが、シアさんはあなたを慕っていますよね」

（わたしの主観ですが、慕わない理由がありません）

侍女を気遣っているのは考えなくてもわかること。

「ま、まあ……。最近は特に距離が縮まったような気はするかな」

「であれば間違いないと思いますよ。ご主人ともっと仲良くなれそうだと考えていた矢先、一対一で遊ぶ約束がされたわけですから。それにシアさんは純粋な方だと聞きます。お仕事が完璧でも、態度に出てしまうのは自然では」

「そ、それを言われると否定できないかも」

「モテモテですね」

「あはは……。そうと決まったわけじゃないって」

苦笑いを浮かべる彼を見て、ルーナも口元が緩くなる。

（……専属侍女が嫉妬、ですか。本当に珍しいですね）

侍女は、特に専属の侍女は、いいように使われる立場。どのような命令にも従わなければならない立場である。

それなのに嫉妬されるというのは、彼がどれだけ優しい人間なのかを物語っている。

「『完全無欠』もあなたの前では形なしですね」

「完全無欠？」

「あなたが知らないのですか。シアさんの通称ですよ」

「えっ？　そうなの⁉　なんでまたそんな強そうな……」

（本当に知らなそうですね……。それだけ周りから避けられているということですか）

驚いている彼に、脚色のない事実を教える。

「彼女は実技テスト、筆記テストにおいて減点なしの満点だからです。従者の総合成績のトップというわけですね」

「総合トップ⁉　そんなこと本人から一度も聞いたことないんだけど……」

「優秀な方ほど言いふらすようなことはしませんよ。と言っても話は広がりますが」

（普通、主人に対しては成績を伝えるものですけど、シアさんはきっと褒められるのが恥ずかしいのでしょうね。気持ちはわかります。わたしも……彼に服装を褒められた時は恥

ずかしかったですから）

これが密《ひそ》かに見出《みいだ》した結論。

「あのさ、ルーナに聞きたいんだけど、そんなに優秀な侍女を別の貴族が引き抜こうとする可能性ってどのくらいある？」

「百％です。今現在の成績から判断するに、卒業後は確実に王宮への推薦状を獲得する侍女ですから」

「……そっか」

眉間にシワを寄せながら、どこか不安そうに呟《つぶや》く彼に違和感を覚える。

「もしかしてですが、『彼女が押し負けて別の貴族に引き抜かれるかもしれない』なんて思っていませんか」

「よ、よくわかったね。シアは見た目通りだからなぁ……。いつもほわわんってしてるから、絶対押し負けちゃうんだよね」

「あなたは本当になにも教えてもらっていないのですね。彼女ほど堅固な侍女は他にいませんよ」

「シアが堅固!?　ああ、周りが助けてくれるから、みたいな？　でもそれには弱点があるでしょ？　一人でいる時に突撃されたりとか」

「彼女自身が堅固だと言っています。正直、守られる必要のない侍女ですよ。シアさんは」

「ど、どうして？」

「約二週間前、用件を伝えるためにあなたの教室に向かっていた時のことです。彼女が男性から言い寄られている現場を見ましたから」

「ッ!?」

ルーナはその時の状況を正確に伝える。

「どのようなお誘いをされていたのかは聞き取れませんでしたが、一度も頷《うなず》かない彼女にプライドを傷つけられたのでしょう。腕を掴《つか》もうとしたところ、男性の手を振り払い、『気安く触れないでください』と威圧してましたよ」

「え」

「シアさんにもしもがあるかと思い、目撃したところから後ろに控えていたのですが、この時は背後からでも殺気を感じました」

「ま、待って。それ本当にシアなの？」

「見間違いではないですよ。温厚な方を怒らせると怖いというのは事実ですね」

言い方はアレだが、彼女を助けようと動いたせいで、その重圧をモロに受けてしまったのだ。

「で、でもまあシアが怒るのは当然と言えば当然だよね？　専属の侍女なのに引き抜きできるって思われての誘いだし」

「押し通されると思っていたあなたがそれを言いますか。ですが、その通りです。誰にでも優しい彼女ですが、尊厳を踏みにじるような相手には牙を剝《む》きますよ。そんな彼女が弱々しいはずありません」

「なんかその話を聞くに、俺よりも怖がられてそうじゃない？　シアって」

「牙を剝かれた相手はそう思っていることでしょうね」

「ははっ、だよね」

専属の侍女が恐れられている。そんな状況にも拘《かかわ》らず、ベレトは面白おかしそうに笑っていた。

「とても嬉しそうですね」

「一人でも自衛できてるんだって思うとね」

「自衛はできなければなりませんよ。専属侍女が舐《な》められるというのは、あなたの顔に泥を塗っているも同義ですから」

「あ……。俺のメンツを守るためにも、なのか……」

「感心しているところ悪いですが、『守りたい』と思われているあなたも十分感心に値しますよ」

「あはは……ありがとね、ルーナ」

「いえ」

（本当に人を見る目がありますね……エレナ嬢は）

返事に続き、頭の中で思い浮かべるのは伯爵家のご令嬢である。

「あの、一つ提案なのですが、この際にシアさんにプレゼントを購入してみてはどうですか。きっと喜びますよ」

「それはいいね！」

（即答ですか。本当、あなたらしいです）

強い感謝がなければ、強く想《おも》っていなければ、このような返事はできない。

羨ましさの中に、微笑《ほほえ》ましさを感じる。

「って、これに時間を使っちゃったらルーナに恩を返せないような……」

「そのようなことはないですよ。こうしているだけでも楽しいです。よい思いもしていますから」

そう、それは本当のこと。

ルーナは帽子のつばを下げながら、繋《つな》がれた手に視線を送るのだった。

＊＊＊＊

「ルーナのおかげで迷わずに決められたよ。ありがとう」

「お礼を言われることでは」

首を左右に振って否定するルーナだが、そのアドバイスは本当に助かった。

『女の子は日常的に使えるものが好きですよ』と。

『シアさんの場合、身につけられるアイテムがいいかもしれませんね』と。

それから吟味した結果、黄色の髪留めと、紫の天然石が装飾されたネックレスを購入したのだ。

「ルーナは欲しいものとか本当になかったの？」

「はい。素敵な商品ばかりでしたが、欲しいとまでは思いませんでした」

「そ、そっか……」

お眼鏡に適《かな》う商品が見つかれば、それをプレゼントして恩を返そう。なんて考えでこの商業地を選んだわけだが、狙い通りにはならなかった。

商品は手にするものの、すぐに元の位置に戻す。

物欲を全く感じない、感じさせないルーナだったのだ。

「ですが、商業地はとても楽しかったです」

「あはは、それならよかったよ」

「購入したプレゼント、喜んでもらえるとよいですね」

「正直なところ、受け取ってくれるか心配だよ。シアのことだから手をブンブン振って遠慮するからさ。絶対」

「それはあなたの腕の見せどころですよ。侍女は遠慮することが当たり前ですから、その辺を考慮した立ち回りを考えるべきです」

「そうだね。さすがにプレゼントを返されるわけにはいかないし」

「頑張ってください」

侍女の性格にもよるだろうが、シアの場合、『はい、プレゼント』と直接渡すことは好ましくないだろう。

できるだけ遠慮をさせない渡し方を考えなければならない。

「それで、次はどちらに。なにやら目的地が決まっていそうな進み方をしていますが」

「もうちょっとで着くよ」

今現在、商業地、ロンズストリートを抜けている。

次の目的地に向かってクネクネと道を進み続けること数十分間。

ようやく見えてきた。

修道院をモチーフに、広々とした敷地に堂々と構える三階建ての建築物。

利用者が絶えることのない王立大図書館が。

ルーナもその存在に気づいたのだろう。

獲物を見つけたように、食い入るような視線を向けていた。

（……この反応を商品にも向けてくれてたらよかったんだけどなぁ）

思わず苦笑いを漏らしてしまう。

「あ、あの、あそこは王立大図書館ですか」

「そうだね。気になるでしょ？」

「……い、いえ」

「本当？」

「はい」

二度も否定する彼女だが、繋いだ手にはにぎにぎとした反応がある。

『リードは任せる』と言った手前、遠慮しているのだろうが、普段から図書室の本を読み漁《あさ》っているルーナが、この大図書館を気にしていないわけがない。

「あのさ、本当に気にならない？　今日のプランにこの図書館入ってるんだけど」

「っ⁉」

この発言に息を呑《の》んだ音が聞こえた。そして、ジトリとした目を向けてくる。

「わたしの反応を見てプランを変更したのでは」

「ううん、最初からプランに入ってたからここにきたわけだし」

「し、信じられません。今日はあなたと遊ぶために外出しています。商業地と違い、図書館は遊ぶ場所ではありません。会話も抑えなければなりませんし、相手に集中することもできなくなります。プランに入るわけがありません」

「まあ言いたいことはわかるけど」

「では、本来の場所に向かいましょう」

繋がっている手を引っ張るルーナだが、それに従うことはない。

「本当にここが本来の場所だよ。驚かせるためにあえて目的地を言わなかったのはごめんだけど」

「では答えてください。どうして遊び場に適していない図書館を選んだ理由を」

未《いま》だに気を遣ってプランを変更したと思っている彼女。

しかし、本当にプラン通りに進めている。理由を述べることに困ることはない。

「図書館も二人が楽しめる場所だからだよ」

「……」

「楽しみ方は人それぞれ違うんだから、俺達は俺達なりの楽しみ方をすればいいと思う。確かに遊ぶ場所には適してないけど、二人に合った楽しい時間の過ごし方をさ」

驚かせるために最後まで目的地を言わなかったことが、今回の誤解に繋がっただけ。

ペラペラと理由を説明すると、一度まばたきをしてジト目をどんどん戻していく。

「本当に変更していないのですか」

「うん。休憩場所としてもピッタリだしね」

「……！」

『休憩場所』のワードに視線が泳いだ。そして、上目遣いになって質問してきた。

「どうしてわかったのですか。わたしが疲れていることを」

「そのくらいは誰でもわかるよ。普段と違ってたくさん歩いてるし、慣れてない環境で気疲れもしてるだろうし」

「そう……ですか。すみません。わたしの体力がないせいで」

「謝ることないって。俺はルーナと一緒に読書するの好きだし」

「……」

これに対する返事が浮かんでこなかったのか、これでもかというくらいに帽子を深く被《かぶ》り直す彼女は、コクリと頷《うなず》いた。

「じゃあ中に入ろっか」

「あ、あの……その前に約束したいことがあります」

「約束？」

「読書が終わったら……その、また手を繋いでもらえますか。中途半端《ちゅうとはんぱ》なリードをさせるべきではない、とお姉さまから言われてもいます」

「もちろん、喜んで」

「ありがとうございます。とても嬉《うれ》しく思います……」

「う、うん」

そんなお礼のすぐ、繋ぐ手にギュッと力を込めてきた。

正直なところ、今の約束には驚いたが……こちらとしては好都合だった。安全に移動することができるのだから。

しかし、今の約束の取りつけ方は……ずるいと感じてしまうほど、胸がドギマギしてしまった。

（お、俺も帽子持ってくればよかったな……。顔が熱い……）

そんなことを思いながら、ルーナと共に王立大図書館に入っていく。

「見てください、ベレト・セントフォード。これは絶版の哲学書です。凄《すご》いです」

「お、おお！」

彼女のこんな声が聞けたのは入館して数分のことだった。

トコトコトコトコ早足で近づいてきて、分厚く、見ただけで頭が痛くなりそうな難しい本をドーンと見せてくる。

「そ、それは凄いね！」

正直なところ、その本について全くわからないが、気分を害さないように大きなリアクションを取ってみる。が、これは間違いだった。

「あ、あげませんよ。これはわたしが先に見つけたものです」

「取ったりしないって！」

その本を狙うライバルだと思われてしまった。

「信じられません」

「とりあえず信じようか」

「……」

無言の抵抗というのか、本を両手で抱え、守りの体勢を取ってくる。

こんなにも独占欲を露《あら》わにする彼女は初めて見るもので……可愛《かわい》らしかった。

「……あっ、これはわたしが読みたかった本です……」

そして、睨《にら》み合い？　はすぐに終わった。

興味のある本を再び見つけたのだろう、体を屈《かが》めて本棚からこれまた難しい本を引き出し始める。

「な、なんということでしょう。こちらにも……。本当に凄いです。この本が無料で読めるだなんて……」

また別の本を本棚から引き出した。

あっという間にプラス二冊の追加。

ルーナの両手には三冊の本が重ねられ、両手が完全に塞がる事態となった。

「あの、あの、早速読んできても構いませんか」

「あはは、どうぞどうぞ」

あのいつも眠たそうな目が宝石のように輝いている。ワクワクしていることが伝わってくる。

「それじゃ、俺も読みたい本を探してくるよ。そこの読書スペースで待っててもらえる？」

「わかりました。では、お先に失礼します」

図書館という場なら、少しくらい目を離しても問題はないだろう。

（って、今からあの三冊を読破するつもりなのかな……？　まあ楽しんでくれてるならそれでいいか）

大切そうに本を抱えて、読書スペースに腰を下ろすルーナを見ると、無意識に笑みが浮かぶ。

あれだけ喜んでくれたら、恩を返せたと言えるだろうが、この図書館に入った時、いいものが目に入った。

それをもらいに、この行動がバレないようにカウンターに向かう。

そして、スタッフに声をかけるのだ。

「あの、すみません。そちらのガラスケースにある四つ葉の形の栞《しおり》と、羽根の形の栞をください。あ、すぐに使うわけではないので、箱に入れていただけたら助かります」

『女の子は日常的に使えるものが好きですよ』

そのアドバイスを思い出しながら、オシャレな金属製の栞を二つ購入した。

王立大図書館を抜けたのは夕方のこと。

「とても満足できました」

「そう言ってもらえると嬉しいよ」

馬車に乗り、繁華街に移動しながら会話を弾ませていた。

「あなたは退屈ではなかったですか。わたしばかり楽しんでしまったような気がして」

「俺も楽しかったよ。読書以外にも面白いことがたくさんあったし」

「そのようなことがありましたか」

「それはもう」

思わずニヤニヤしてしまう。

学園の図書室よりも多くの本があったからか、彼女の珍しい姿をたくさん見ることができたのだ。

「例えば……幸せそうに読書してるルーナを見れたり」

「っ」

「読む時間が絶対に足りないのに、とりあえずたくさんの本を抱えようとするルーナを見れたり」

「……」

「よっぽど読みたい本だったのか、隣に段梯子《だんばしご》があったのに、それに気づかずに一生懸命体を伸ばしてたり」

「…………図書館の楽しみ方を間違えないでください」

賢い彼女にしては弱すぎる反論だが、それも仕方がないだろう。

全て事実であるばかりに、誤魔化す方法がないに等しいのだから。

「あ、あなたはそのような意地悪をするから、悪い噂《うわさ》を立てられるんです。身から出た錆《さび》というものです。もっと自分を磨くべきです」

「そ、その言葉は刺さるんだけど」

「意地悪をしたお返しです。これ以上のお返しをされたくなければ、今日見たことは誰にも言わないことです。わたしを怒らせたら怖いですよ」

「お、おう……。それなら内緒にしておくしかなさそうだ」

「賢明な判断です」

と、早々に会話を終わらせたルーナは、真顔のまま頭を下げてきた。

「どうしたの？」

「……図書館のことありがとうございました。あなたには言っていませんでしたが、普段から外出することはないので、あの図書館には一度足を運んでみたいと思っていまして」

「遠慮せずに言ってくれてよかったのに」

「遊ぶ場所には適していないので言えませんでした。読書になるとどうしても一人の世界に入ってしまいますから」

馬車の中から夕暮れの空を見た後、視線を合わせてくる。

「なので、本当にありがとうございました」

「どういたしまして。って、言ってみたけど、俺も図書館にいきたかった一人だったから気にしないで。気になる本もまだまだあったから、俺としても嬉しい収穫だったよ」

「あなたはそのように躱《かわ》すことが上手ですよね。わたしのことを第一に考えてくれた結果だというのはわかっていますが」

「……」

心を見透かした断言には敵《かな》わない。

「だからこそ一つ言わせてください。世渡り上手なのはよいことですが、躱し方は考えなければ、自分で自分を追い込む結果になりますよ」

「追い込むって？」

「そうですね。あなたの言葉を真に受けて、わたしがこう言ったらどうするつもりですか。

『また一緒に図書館にいきましょう』と。次は朝から夕までの長時間ですよ」

「ああ、言いたいことがわかったよ。自分自身でそんな風に焚《た》きつけたから、誘いに乗るしかなくなるってことか」

「はい」

わかりやすく説明するルーナに一言。

「まあ、俺はルーナとなら大歓迎だし、その例には当てはまらないけどね」

「……」

「ちなみに本当のことだからね？　まあ、朝から夕まで図書室を利用する場合は、読書ばかりじゃなくて、学園で出た課題もさせてもらうけど」

朝から夕まで読書漬けは厳しいもの。ここは意見を通させてもらう。

「……では、またいきましょう。二人で……図書館に」

遠慮があるように、それでも勇気を振り絞ったように握り拳を作ったルーナに「もちろん」と頷く。

「や、約束ですよ。破らないでくださいね。楽しみにしていますから」

「それはこっちのセリフ」

「わたしのセリフです」

「いや、俺だって」

「わたしです。そもそもあなたは約束を一つ破っていますよね」

「え?」

「読書が終わったら……してくれると言いました。それなのに、まだしてくれていません」

目線を落としたルーナが、座面の上で手をパーにしたことでようやく思い出す。

『読書が終わったら……その、また手を繋《つな》いでもらえますか』との言葉を。

「……も、もちろん覚えていたよ⁉ ただタイミングが摑《つか》めなかったっていうか」

「では、まずはその約束を果たしてください」

「う、うん」

彼女の手のひらは馬車の座面と触れている。手を繋ぐには、蓋をするように上から重ねるしかなかった。

「じゃあ……はい」

「……ん」

手を包み込めば、それを確認したように、ルーナの口から小さな吐息が漏れる。

「な、なんかこれはこれで恥ずかしいね? ってか、普通に手を繋ぐよりこっちの方が恥ずかしくない？」

「そう……ですね。あの、なので……小指に触れるように変えてください」

「え？　そっちの方が恥ずかしいよ」

「い、意味がわかりません。触れ合う面積を考えてください。こちらの方が何倍も少ないではないですか」

「それはわかってるんだけど、シチュエーション的な……？」

「また意地悪していますね」

「してないって！」

　なぜこうもすれ違ってしまうのか、それは自分の行いのせいだろう。

「意地悪していないのなら、仕方がないです……。わたしが妥協します」

「助かります」

「あの、そう言えばまだ聞いていませんでした。ディナーはどちらで」

「エフィールってお店にいこうと思ってるよ。学園から近いし、客層も評判もいいってシアが教えてくれて」

「それは正しいですね。なにぶん、エレナ嬢のご両親が経営されているお店ですから」

「あっ、そうだったんだ」

「はい。系列店の一つですよ」

「へえ、それはますます楽しみだ」

お腹《なか》もちょうどいい具合に空《す》いている。存分に楽しむことができそうだった。


レストラン、エフィール。

そこは少し暗めに抑えられた照明と、落ち着きのある色で統一された清潔感が溢《あふ》れるお店だった。

騒ぐような客はおらず、客の一人一人がお店の雰囲気を守っており、居心地のいい空気に包まれていた。

「お料理、とても美味《おい》しいですね。とても満足しています」

「それはよかった。さすがは噂通りのお店だね」

コース料理、前菜からスープ、メインディッシュを食べ終え、デザートが運ばれてくるのを待っている矢先。

満腹感を覚えながら、ルーナとの会話を楽しんでいた。

「そういえば、あなたと一緒にお食事をしたのは久方ぶりですか」

「あ、確かに。初めて図書室で会った時以来だっけ？」

「そうですね」

「今言うことじゃないかもだけど、あの時、ルーナからもらったサンドウィッチも本当に美味しかったよ」

あの味は今でも覚えている。

懐《なつ》かしむように感想を漏らすと、ルーナは首を傾けて聞いてきた。

「あなたがよければまた持ってきますよ」

「いや、さすがにそれは遠慮しとくよ。ルーナの家で働いている使用人さんのお仕事を増やすことにもなるし」

「問題ありません。今まで言っていませんでしたが、あのサンドウィッチを作ったのはわたしですから」

「え!? ルーナって勉強だけじゃなくて料理もできたの?」

「自慢できるほどではありませんが」

「いや、それでも凄《すご》いよ。それに珍しいね? 使用人さんに任せないなんて」

「体は資本ですからね。その体を作るお料理には興味がありまして」

「ははっ、なるほど。それはルーナらしい理由で」

『将来のため』や『役に立つスキルだから』などではなく、哲学的な視点から興味を持つ彼女は相変わらずだ。

「だけど止められなかった？　料理は危ないからって」

「そうですね。無理を言って押し通しました」

「最初は特に怪我《けが》をしやすいもんね。刃物を扱うのは難しいし、利《き》き手じゃない方は猫の手をしないとで、慣れるまで勝手悪いし」

「もしかして、あなたもお料理を嗜《たしな》んでいるのですか。『猫の手』というのは、お料理をする方以外は使わない表現ですから」

「あ、ああ……」

なるほど。と、一瞬で理解できる説明である。

「まあほんの少しだよ？　ほんの少し」

控えめに答えるのは当たり前。

（前世で料理はしてたから一通りのことはできるけど、この世界で作るわけにはいかないしな……。ベレト君は料理をした経験ないし）

昔と今で齟齬《そご》をきたさないように濁す。

「あなたは本当に変わっていますよね。侯爵家の御子息《ごしそく》がお料理を嗜んでいるなんて聞いたことありませんよ。言い方は悪くなりますが、お料理は身分の低い者の仕事と認識されていますよね。身分の高い方であればあるだけ敬遠するものですよ」

「自分を褒めるわけじゃないけど、敬遠しないからルーナと気が合うんだろうね」

「……」

「そもそも俺は身分の低い人がする仕事だと思っていないし、立派な仕事だと思ってるよ」

（料理をするのに、上も下もない世界にいたしなぁ……）

そんな環境で過ごしてきただけに、下に見られるわけもない。

「あの、あなたがなぜお料理を始めたのか、理由が気になります」

「理由と言ってもなぁ……」

『どうして？』と窺《うかが》うルーナに『転生してるから自然とできるんだ』なんて理由は使えない。

「そ、それはなんて言うか……」

「はい」

「えっと、あまり理解されないかもだけど、料理のスキルがあれば使用人が体調を崩した時にサポートができるでしょ？　身につけておいて損のないことだと思って」

「普通ならば、使用人がクビになってもおかしくない案件ですね」

「ミスをしない人間なんていないんだから、時に迷惑をかけてしまうのは仕方がないよ。わざと迷惑をかけたわけでもないんだし、体調管理に気をつけていても体が悪くなったりするしさ」

「……しつこい言葉になりますが、あなたは本当に達観した考えを持っていますよね。その思いやりは好きですよ」

「ど、どうも」

「その様子でしたら、悪い噂《うわさ》はすぐに払拭《ふっしょく》されそうですね」

「そう願ってくれると嬉《うれ》しいな。正直、学園じゃ肩身が狭くて」

「すみませんが、わたしは払拭されることを願うことはできません」

「えっ、それ酷《ひど》くない⁉」

「酷いと思います。なので謝りました」

この返しで冗談を言っていないことがわかる。

つまり、ルーナの意見はこうなのだ。

『悪い噂はなくならなくていい。ずっと続いてほしい』と。

「ルーナはどうしてそんな考えに至ったの？」

「たくさんの貴族が寄ってくるからです。あなたは侯爵家の御子息ですよ。今の状況が特殊なだけです。特殊だからこそ、わたしはあなたと関わることができました」

身分が低い彼女だからこそ、階級社会というものをよく知っているのだろう。

「悪い噂が払拭され、貴族が寄ってくれれば、わたしはあなたと話す機会はなくなります。わたしの身分であれば、周りに譲らないといけないことばかりですから」

「……」

「今はあなたと図書室で過ごせていますが、噂が払拭されればされるだけ、その環境も変わることでしょう。そう考えると残念でなりません」

声や表情はなにも変わっていないが、本気でそう思っていることが伝わってくる。

「今まで読書に時間を割くことさえできたのなら、身分なんてどうでもよいと考えていました。ですが今は少し違います。あなたと同じクラスのエレナ嬢に妬《や》いている自分がいます。わたしと違い、彼女は環境が変わっても影響はありませんから」

「ルーナ……」

彼女の言い分に言葉を失ってしまう。どのような言葉をかけてあげればよいのか、わからなくなってしまう。

これが『絶対に避けることができない』身分差というもの。

こちらが返事できなかったことで空気が重くなってしまう。

「一つお節介を言いますが、あなたの地位だけを狙っているような方に騙《だま》されないようにしてくださいね。自身の幸せのためにも」

「俺が騙されると思ってるんだ？」

「はい。あなたはとても優しいので」

「いや、そこは否定してくれないと」

「主観ですから」

「まったく……」

冷静に返してくる彼女にお手上げである。主観と言われれば言い返しのしようもない。

「──そんな意地悪を言う人にはあげないからね？　プレゼント」

「っ、プレゼントとは……なんですか」

「贈り物のことだよ」

「そのような意味で言ったわけではありません。見せてほしいです」

「あははっ、少し待っててね」

デザートを食べ終えたあとにプレゼントは渡すつもりだったが、このタイミングが一番だと判断する。

持参したカバンを開けた自分は、簡易包装された二つのプレゼントを取り出す。

「大したものじゃないんだけど……これをどうぞ」

こんなこと慣れているはずがない。恥ずかしさを押し殺しながらテーブルに置くと、ルーナは目を大きくした。優しく手に持って重量を確認している。

「これは一体……。少し重さを感じます」

「さて、なんだろうね」

「開けてみても構いませんか」

「もちろん」

笑みを作って了承すれば、丁寧に包装を剝がしていく。

そして、蓋を開けると一つずつ手のひらに乗せたのだ。

光に当たって輝く四つ葉に象《かたど》ったものと、鳥の羽根を象ったものを。

彼女はそれをじっくりと観察し、呟《つぶや》いた。

「とても綺麗《きれい》です……。これは栞《しおり》ですか」

「正解。ルーナにはこれが一番いいんじゃないかって思って。『女の子は日常的に使えるものが好き』って言ってたからさ」

「……抜け目ないですね。あなたは……本当の本当に」

「褒め言葉として受け取らせてもらうよ」

「これは必ず大事にします。ありがとうございます」

胸の近くでギュッと栞を握り、お礼を言うその声は少し震えていた。

「はは、喜んでくれてよかったよ」

「い、今はわたしを見ないでください……。怒りますよ」

「ご、ごめんごめん」

店内に入って帽子を取っている彼女は、袖を使って顔を隠すと半目を向けてくる。非難の目だ。

「……すみません。謝るのはわたしの方です」

「なんで？　ルーナは悪いことなにもしてないでしょ？」

「そうではありません。こんなに素敵なプレゼントをいただいたのに、わたしはなにも渡すことができませんから」

「そんなことないよ？　もうたくさんもらってるし」

「わたしからあなたに、なにかをあげた記憶はありません」

確かに現物はもらっていない。だが、自分が言っているのはそうではない。

「ちょっと恥ずかしいことを言うけど、あっという間に過ぎた楽しい時間をもらったよ。ルーナから」

「……あ、あなたはもう口を閉じてください」

フォローを含む本音を伝えた途端、今度は両手の袖を使って顔を隠してきた。

なんだか少し面白くなってくる。

「ちなみに、悪い噂がなくなっていろいろな人が寄ってきたとしても、ルーナを見つけたらすぐ声をかけるからね？　ほかの人に譲る暇はないから」

「だ、だからもう口を閉じてください……。今はわたしを見ないでください。本当に怒りますよ」

「あはは、ごめんごめん。ただ、これだけ言わせてもらわないとね」

たくさんの警告をされてしまったが、とても楽しい食事のひとときだった。

＊＊＊

ディナーが終わって、馬車に乗ること十数分。

わたし、ルーナが住む屋敷に到着しました。

時はすでに夜。綺麗な月に無数の星が輝いています。

「もう……着いてしまいました。楽しい時間は本当にあっという間ですね」

これだけ時間が早く過ぎたのは初めてかもしれません……。

「そう言ってもらえると嬉しいよ。誘った甲斐《かい》があるって言うか」

「おかしなことを言いますが、外出することも、遊ぶことも悪くないですね。周りの皆さんがどうして遊んでいるのか、今日を通して理解できました」

「ははは、それを理解するのは遅いよ」

「……」

(そんなに笑わなくてもよいではありませんか……)

笑われるならば言わなければよかったです。恥ずかしくなってきます。

「じゃあこれからは遊ぶ頻度が増えるかもしれないね？　断っていた誘いに乗ることもあるだろうし」

「わたしはあなた以外の方と遊ぶつもりはありませんよ」

(図書館を遊ぶ場所に選べるような人は、あなた以外にいるはずがありません)

それに、相手を選ばずして楽しめるとも思えません。

「ん？　遊ぶの楽しかったんだよね？」

「はい」

「じゃあいろいろな人と遊んだ方がいいよ？」

「……あなたと遊ぶのが、楽しいだけです。言わなくてもわかってください」

「あ、ああ……ごめん」

（気遣いができるのにも拘《かかわ》らず、これがわからないのはおかしいですよね、本当）

もしも狙って言わせているのなら、怒ります。

「ごめんだけど、ルーナが遊んだのってまだ一回目でしょ？　そんな簡単に決めていいの？」

「わ、悪いですか」

帽子は必需品です。今日はもう何度目かもわかりません。熱くなる顔を隠して一歩後ずさりをします。

「いや、悪くはないんだけど……俺の方こそ変な噂が出ても責任取れないよ？」

「変な噂とは」

「まあ、恋仲みたいな？　限定して遊ぶってことはそう誤解されてもおかしくないでしょ？」

「所詮は噂です。平気ですが」

「なんか強がってない？」

（そう感じているのならば、聞かないでください。そのような噂《うわさ》、恥ずかしいに決まっています……）

ですが、今さらそんなことは言うこともありません。

「平気だと言っています。変な噂とはそれだけですか」

「まだあるよ」

「まだあるのですか」

「『俺としか遊ぶな』って俺が脅してる……みたいな話が出て、ルーナが可哀想《かわいそう》……みたいな視線を向けられる的な」

「それも平気です。わたしは図書室登校ですし、読書をしている際、周りの目は気になりませんから」

「さすがはルーナ」

「いえ」

（褒められました。嬉《うれ》しいことですが、あなたには残念なお知らせをしなければなりません）

わたしの身分が高ければ、また違いましたが。

「あなたに脅されているとの噂が出た場合、そう認めはしませんが〝脅されていることを匂わせる〟ようなことをするかもしれません」

「へ⁉」

「本来あなたに悪い噂がなければ、このような状況になることはないからです」

「なるほどねえ。自分で蒔《ま》いた種は自分で刈れ、と」

「はい」

「まさに正論ですこと」

本当は『自分で刈れ』なんて思っていません。ただ――。

（あなたの悪い噂が払拭《ふっしょく》されれば、困るのはわたしです。よほどのことがない限り、あなたを助けたくはありません……）

人の不幸を願うのは酷《ひど》いですが、これぱかりはすみません。

あなたとはもっと一緒に過ごしたいです。

あなたとの図書室の場を、ほかの人には奪われたくありません……。

「……あの、都合のよいことを言いますが、あなたは助けてくださいね」

「助けるって？」

「『ベレト様と遊んだなら、自分とも遊んでくれ』のようなお誘いを受けた場合です。今までは『誰とも遊んだことはない』で納得させられていましたから」

「そのくらいならもちろん助けるけど、ルーナなら簡単に躱《かわ》せるでしょ？」

「断言できません。後出しになりますが、これはわたしを遊びに誘った責任です」

「わかったよ」

「ありがとうございます」

本当は責任を取る必要はありません。そんなことも思っていません。

それはもう楽しませてもらいましたから。

でも、本心は言えません。『守ってもらえる』ことで増やせる接点がなくなってしまいますから。

（身分差は本当に不便ですね。本当に……）

と、時間もそろそろでしょう。

「……あの、本日はありがとうございました。思い出になりました」

「俺の方こそ」

（別れるのは……悲しいですね。遊んだ後はみんなこのような気持ちになるわけですか）

そう思うと、次に遊ぶことが少し憂鬱に感じてしまいます。

「一応言っておきます、侍女のシアさんにプレゼントを渡してあげてくださいね。わたしと同じように喜ばせてあげてください」

「もちろん」

「では……握手をして別れても構いませんか。御者も待たせているところすみませんが」

「あ、握手？」

「はい。このままあなたと別れることは寂しいですから」

「……そ、そのセリフは恥ずかしくないんだ……？」

「ジョークですから」

「な、なるほど。じゃあ……握手ね」

（危なかったです。ジョークだと言わなければ、大変なことになっていたでしょう）

ホッとしながら彼と握手を交わします。

（この手のぬくもりも最後……。残念ですね）

数秒間握って大きな手を離します。

「……最後のワガママをありがとうございました。それではベレト・セントフォード。お気をつけて」

「うん。それじゃあね、ルーナ。また学園で」

「はい」

彼が馬車に乗り込むところを見送ります。

出発します。

離れていきます。

『まだ一緒にいたい』との気持ちがある場合、みんなも我慢するのでしょう……。

そう思うと、夜会を抜け出す人々はすごいですね。

手を繋《つな》いで、二人きりになるだけで満足するわけですから。

満足できないわたしは、欲が深いのでしょう。

わたしのことでありながら、初めての発見です……。

＊＊＊

ルーナを送り届け、無事に帰宅した後である。

「ご帰宅が遅いですっ、ベレト様！　私とっても心配したんですから！」

「ご、ごめんごめん！」

プンプンしている侍女、（怖さを感じない）シアに謝る。

シアは外玄関でずっと帰宅を待ってくれていたのだ。

予《あらかじ》め報告していた帰宅時間よりも遅くなってしまったことが原因で……。

「次からはちゃんと報告した時間を守るから」

「お約束してください」

「う、うん」

このように会話はできるものの、朝と変わらず……やはりどこか素っ気なさを感じる。

本当になにがあったのか……。なんて幾度も考えたことだが、ルーナの言葉がよぎった。

『羨ましい、もしくは嫉妬をしたということです』

『ご主人ともっと仲良くなれそうだと考えていた矢先、一対一で遊ぶ約束がされたわけですから』

その言葉が。

（……でも、これの確認方法ってないよね……。『羨ましかった？　嫉妬してる？』なんてストレートに聞けるわけもないし……）

八方塞がりだ、と諦めた矢先。自分は決定的な姿を見ることになる。

「ベレト様……。ルーナ様とのおデートは楽しかったですか？」

「うん。楽しかったよ」

「そうですか。それはよかったですね」

（今……膨れたよね、ほっぺ）

言い終わった瞬間だった。シアはおもちのように頰を膨らましたのだ。

体の向きを変えてバレないように立ち回っていたが、横からしっかりと見えた。横からだからこそ、より大きさが見えた。

この変化が見えたのは、ルーナの話題を出してから。

（あ、あはは……。そっか。当たってたのか）

確信した。

ルーナの言っていた通り、羨ましく思っていたのだと。思えば、シアと一緒に遊んだことは一度もなかった。

その気持ちを理解すれば、そんな気持ちを抱いていたばかりに態度が変わっていたとなれば……本当に微笑《ほほえ》ましい限りだ。

もう気持ちを楽にして話しかけることができる。遠慮させずにプレゼントを渡す立ち回りもできるようになる。

「シア。いきなりで悪いんだけど、この椅子に座ってくれない？」

「ど、どうしてですか？」

「いいからいいから」

「あの、まだお仕事が残っていまして……」

「じゃあ命令で」

「し、承知しました」

命令は偉大だ。

素直に頷《うなず》いたシアは、掃除道具を壁にかけて指示された椅子にちょこんと座った。

「あの、ベレト様……。これから一体なにをされるおつもりですか？」

不安そうな上目遣いで聞いてくる。

態度の面で注意をされるかもしれない。そう思っているかもしれないが、ハズレである。

「実は感謝を伝えたい人にプレゼントしたくてさ。シアに一回つけてもらおうかと」

「へっ……私で試すのはダメですよっ⁉　一度誰かにつけさせたものをプレゼントとしてお贈りするのは失礼ですっ！」

「いいからいいからー」

「んんーっ‼」

自分宛てのプレゼントだとはこれっぽっちも思っていないのか、必死に抵抗してくる。

が、押さえ込めばこちらの勝ちである。

抵抗が弱まったところでカバンの中から黄色の髪留めと、紫の天然石が装飾されたネックレスを取り出す。

この時、取り出した二品をぽーっと見つめるシアである。

「じゃ、俺がつけるね」

「え、あ……そっ、そのくらいは私が……！　お手を煩わせるわけには……」

「命令」

「……はぃ」

これだけで面白くなるほど素直になる彼女は、されるがままになる。

ようやく準備が整った。

まずは髪留めから。

「ちょっと髪に触るね？」

『コクリ』

その頷きを見てから手を動かす。

乱れ一つない、綺麗《きれい》に揃《そろ》えられた黄白色の前髪に髪留めを挟む。

「よーし」

（……な、なんかおでこが見えるようになって、もっと幼く見えるような気がするけど……可愛《かわい》いからいいよね？）

髪留めは似合っているから大丈夫。と、自己完結をしてネックレスをつける準備をする。

「シア、後ろ髪を手で上げてくれる？　首が少し隠れてるから」

「あ、あの、ベレト様。これはベレト様が考えている以上に大問題ですよ……。私がつけたものを贈り物として出すのは……」

「髪を上げてください」

「うぅ……」

不安そうな声を出し、これもまた指示通りに後ろ髪を上げるシア。

「……」

「……」

「………」

「ベレト……様？」

「あ、ご、ごめん」

（も、もうこの指示をするのはこれっきりにしよう……）

この時、初めて見た。普段から髪で隠れている白いうなじを。

初めて目に入れるものだからか、なぜか色っぽく見えてしまう。色っぽく見えてしまえば罪悪感が生まれてくる。

「え、えっと今からつけるね」

煩悩《ぼんのう》が出る前に気持ちを切り替え、細い首にネックレスを通し、留め金を繋いだ。

これで完成だ。

「よしよし。ほら、そこの鏡見て。どう？」

「……そ、それは本当に素敵だと思います。羨ましいです」

「それはよかった」

「ルーナ様にもお似合いになるお品だと思いますが、私がつけてしまったせいでもう一度買い直さなければ……」

こちらが命令したのにも拘《かかわ》らず、申し訳なさそうにしている。

そろそろ締めに入ろう。

「あ、そのルーナからいろいろ聞いたよ。シアのこと」

「えっ⁉」

「シアが一番の成績を取っていたり」

「っ！」

「男から言い寄られてもしっかり対処できていたり」

「……っ！」

「なんかすごい牙を向けるんだって？　相手を怖がらせることができるくらいに」

「っ‼？」

ドン！　ドン！　ドン！　と三段活用をするように目が大きくなっていく。

この反応で嘘《うそ》ではないことがわかる。

「イメージと違うシアだったから驚きはしたけど、この報告を聞いた時は嬉《うれ》しかったよ」

「……」

「専属侍女が舐《な》められれば、俺の体面にも傷がつくんだってね？　怖いだろうに俺のために戦ってくれて本当にありがとう」

次の瞬間、無意識に頭に手が伸びていた。

「ありきたりな言葉で申し訳ないけど、本当に自慢の侍女だよ。シアは」

「ベレト様……」

彼女の頭を毛並みに沿って撫《な》でながら——。

「ただ、一人で解決できるシアを自慢に思ってるわけじゃないからね？　なにか困ったことがあれば立場を気にしないで俺に教えてほしい。誰かの力を借りてでも、早期解決ができることは俺も嬉しいから」

「は、はい。えへへ……」

そう言い終わると、シアはおずおずと頭を突き出してくる。

『もっと撫でてください』と言わんばかりに。

そして、撫でれば撫でるだけこちらを映す鏡に浮かび上がる。

ヨダレが出てもおかしくないくらいに、頬が緩みきっているシアが。

「……」

意地悪で手を止めてみると、欲《ほっ》するような表情に変わる。再び手を動かすと満足そうに蕩《とろ》けきった顔になっていく。

鏡にはその全ての表情が映っている。

そんなシアで数分遊び、手が疲れてきたところで『さてと』と、声を上げる。

「俺はお風呂《ふろ》に入ってくるよ。シアは残りのお仕事お願いね」

「……あっ」

返事をするよりも先に物足りなそうな声が上がった。さすがに自分でもわかる反応である。

「ちゃんとお仕事できたらもう一回する？」

「えっ……あっ、お、お願いしますっ‼」

嬉しそうにコクコクと首を縦に振ったシアだ。

「それじゃ、あとのことはよろしくね」

「はいっ‼」

そうして、プレゼントをつけたままのシアと自然に別れることにした。

遠慮される前に退散。気づかれないように退散。それが今回考えた立ち回り。

「も、申し訳ありませんっ、ベレト様！　こちらをつけたままでした！　髪留めとネックレスはどうすればよろしいでしょうか⁉」

お風呂上がり、大慌てで髪留めとネックレスを渡してくるシアに一言。

「え？　シアは受け取ってくれないの……？　感謝を伝えたい人にプレゼントしたいって言ったのに、俺」

「えっ……」

「それはシアへのプレゼントだよ。シアのことを考えて選んだから、似合ってたでしょ？」

時間を置いて恥ずかしい言葉は言えた。

最後はきちんとそう伝えることができたのだ。

幕間《まくあい》

ベレトと別れて一時間が経《た》っただろうか。

「あの人は意地悪ですね……本当」

お風呂を済ませ、部屋で読書をするルーナは文句を呟《つぶや》いていた。

「本当に最悪な嫌がらせです……。読書に集中できなくなるようなプレゼントをするなんて……」

読書をしている最中、プレゼントされた栞《しおり》が目に入るのだ。

その瞬間、今日の出来事が鮮明に思い出される。

それだけではない。手を繋《つな》いだ感触までも思い出されるのだ。

「はあ……」

その結果がこれ。本の内容が頭に入ってこないのだ。

別のことに意識を取られてしまうのだ。

ルーナにとってこれは初めての現象。

これを解決するためには栞を視界から消せばいい——。

なんて考え、背後にあるベッドに栞を置くが、それでも意味はなかった。

今度は『なくなっていないか』不安になり、後ろが気になって仕方なくなるのだ。

もう本当に読書どころではない。

普段のように楽しむことができない。

「も、もう。こんな厄介なプレゼントはいらないです……」

ため息を吐《つ》きながら大好きな本を閉じたルーナは、不満そうに椅子から立ち上がると、
トコトコとベッドに向かう。

ジト目になりながら、その二つの栞を優しく手に取ったのだ。

「まったく、これのせいで……」

ボソリ。

「これのせいで……」

ボソリ。

「……ふふ。本当にもう……」

くすっと微笑《ほほえ》んだのはすぐのこと。

今日の幸せが忘れられないルーナは、その栞を胸の前で握りしめ……ベッドに寝転がるのだった。

エピローグ

ベレトと出かけた日の二日後。平日になる。

普段よりも早く登校したルーナは、図書室の二階で一人笑みをこぼしていた。

「ふふ……」

今日が初めてなのだ。

学園で……異性からプレゼントされた栞を使うのは。

『たったそれだけで?』なんて思うかもしれないが、たったそれだけでも浮かれた気分になっていた。

(……これがあるせいで、未《いま》だに読書に集中することは難しいですが——)

あれから日が経ったことで、プレゼントされた嬉しさから、栞を使える嬉しさに変わってきている。

もう少し時間が経てば、きっといつものように集中できるはずだ。

栞を使うには、読書をしなければならないのだから。

「……それにしても、本当に粋なプレゼントをしますよね。あの人は」

専属侍女、シアへのプレゼントに困っていた様子だったが、あれは会話を膨らませるための布石だったのでは、と思う。

今考えれば、そんな彼にアドバイスをしたのは出過ぎた真似《まね》だっただろう。

それでも、アドバイス通りに選んでくれた辺り、間違ったことは言ってないと判断できる。それだけでも安心の気持ちだ。

「もしかすると……わたしのプレゼントを購入する目的もあって、あの図書館をプランに入れたのかもしれませんね」

答え合わせをしたい気持ちはあるが、これを聞くのは野暮というもの。

ただ、楽しませるため。足を休めさせるため。プレゼントを購入するため。なにより喜ばせるため。

一体、どれだけの時間を使ってプランを考えてくれたのか——。

「——わたしのためだけに……」

ルーナは目を細める。机の上に置いてある二つの栞を見つめ、上から手を重ねた。

このプレゼントは、この記憶は忘れない。大切な宝物だ。

「あの人でよかったですね、本当に」

初めて遊んだ相手が……である。

彼でなければ、『また遊びたい』なんて感情は湧かなかったはずだから。

ひとしきり、二日前のことを思い返したルーナは、栞から手を離して立ち上がる。

今日読む本を探そうと、足を動かした瞬間だった。

図書室の扉が開く音がした。

（ん、司書さんが来るにはとても早いですが……）

埋め込まれた壁時計を確認し、二階から出入り口を見下ろしてみれば——そこには、予期してもいなかった人物が立っていた。

毛先まで整った綺麗《きれい》な赤色の髪。宝石のような紫の瞳。そして、端麗な容姿。

『紅花姫』と呼ばれている彼女は、こちらの視線に気づいたのか、ふっと顔を上げた。

「あら、そんなところにいたのね。ごきげんよう」

「おはようございます、エレナ嬢。すぐに降りますね」

「あっ、あたしが向かうから気にしないで。あなたから出向かせるのは忍びないわ」

「わかりました」

エレナはトラブルを起こすような人物ではない。絡《から》んでくるような人物でもない。安堵《あんど》の気持ちを抱きながら、言葉を返す。

（わたし個人に用事があるから、というわけですね。それにしても、非の打ちどころがな

いというのは……つくづく羨ましいです）

本来は、身分が低い方が出向くもの。それをしないのは、自分のポリシーを持っているからだろう。

エレナは身分を気にせず接してくれる、数少ない貴族。人柄も良き人物。

ベレトが仲良くしたいと思うのも納得だ。

「こうして会話するのは久方ぶりね。と言っても、挨拶を交わすくらいだけど」

「そうですね。あの時はありがとうございました」

「ううん、当然のことをしただけよ。あの時は時間がなくって、すぐに離れてしまってごめんなさいね」

「いえ」

ルーナは一度、エレナに助けられたことがある。

それは学園の登校時。

『男爵家の分際で俺様の誘いを二度も断りやがって』と、凄《すご》い剣幕で言い寄られていた際、エレナが偶然通りかかり、『あたしの〝お友達〟になにか用かしら。正当な文句があるなら聞くけれど』と、すぐさま間に入って助けてくれたことを。

顔を合わせたのはこの時が初めて。機転の利《き》いた嘘《うそ》で助けてくれたのだ。

当時のことを思い出していると、エレナが二階に上がってきた。

「ひとまず腰を下ろしますか。今朝は普段よりも早く登校したので、わたしに気を遣う必要はありませんよ」

「そ、そう？　なら少し座らせてもらうわね。ありがとう」

「お気になさらず」

「もし、お話が長いと感じたらあなたの時間で切り上げてちょうだいね。あなたが一人のお時間を大切にしていることは知っているから」

「わかりました」

椅子を引こうとすれば、その動きを察してか、『大丈夫よ』と微笑みを浮かべて先に動いてくれた。

身分が低い方が最大限気を遣うのが当たり前の世界。

『気を遣う必要はありません』なんて言葉を、こちらが言うのは間違っている。

それでも、これを言わなければエレナはもっと遠慮していただろう。

彼と同じ考えを持っているからこそ、断言して言えることだった。

お互いが腰を下ろしたところで、会話を再開させる。

「それで、本日はどうされましたか。わたしに用事があるのですよね」

「話が早くて助かるわ。あ、でも……そんなに大事なことじゃないから、うん」

(——とてもそうだとは思えません。とは言えませんね)

毎日のように図書室に足を運んでいるのであれば、この意見も変わっていただろう。

「え、えっと……じゃあ本題に入っていいかしら？」

「構いません」

「じゃあその……本題だけど」

そうして、どこか落ち着きのない様子で話し始めるのだ。

「あ、あなたって……アイツと、ベレトと、週末にデートしたのよね？」

「間違いありません」

(わたしの身分でデートを肯定するのは、大変おこがましいことですが……否定したくありません)

どう思われても、あの時間は宝物なのだ。

気持ちに従って堂々と認める。

「ふ、ふーん。……それで、その、どうだったの？　アイツとのデートは。楽しかったのかしら」

「はい。凄く楽しかったです。新しい発見ばかりでした」

「そ、それはよかったわね。またデートをする約束とかしたの？」

「いつになるのかわかりませんが」

「そ、そう……」

机の上で両人差し指を合わせたり、口を少し尖《とが》らせたりするエレナは、落ち着きなく目を動かしながら口を開いている。

（いつ、どのような時も凛々《りり》しいイメージがあったのですが……こうもなるのですね）

意外、という感情。

このようなギャップある姿を殿方が見れば、きっと見惚《みと》れてしまうだろう。

彼もこの姿を見たことがあって、心惹《ひ》かれたのかもしれない。

そう思うと、少し胸が苦しくなる。

「エレナ嬢は、彼のことを気に入っているのですね」

「っ！　そ、それは……！　その……おかしなことじゃないもの……」

一度は否定しようとしたが、なにか思うところがあったのだろう。

語尾をすぼめ、顔を真っ赤にしながら認めた。

「デートをしたあなたなら、この意味はわかるわよ……ね？」

「その質問は意地悪だと思います」

「そ、そんなつもりはなかったけど、あなたがそう言うのなら、本当におかしなことじゃないようね」

遠回しに伝えたが、理解してくれた。

そして、認めたことへのむず痒《がゆ》さを隠すように本題に戻すのだ。

「あの、彼からはプレゼントもいただきましたよ」

「えっ、プレゼント？　ア、アイツが……そう。それは羨ましいわね。あたし、アイツからプレゼントをもらったことないから」

「そうなのですか」

「さすがに嘘はつかないわ。ちなみに、なにをプレゼントされたの？」

「エレナ嬢には質素なものと感じるかもしれませんが、こちらの栞《しおり》をいただきました」

「……ふーん。アイツが、これをね……」

手に持って見せれば、エレナはその栞に触れることはなく、まじまじと眺める。

『大切にしているであろうものを気安く触るわけにはいかない』と、判断した上での行動だろう。

その行動は嬉《うれ》しいものだ。

「……はぁ。あなたしかいないから言うけど、本当に羨ましいわ」

「（殿方からたくさんのプレゼントをもらっているエレナ嬢が）それほど、ですか」

「それはそうよ」

これ以上、その気持ちを膨らませないようにするためか、栞から目を逸《そ》らしたエレナは、物憂《ものう》げに目を細めた。

「だって、あなたのことをよく考えたプレゼントだというのは、見ただけでわかるもの」

「っ」

「その気持ちが伝わるから……とても羨ましいのよ。やっぱりプレゼントしてほしいのは、価値があるものよりも、気持ちがこもっているものよね」

嬉しい言葉をかけられ、表情が緩まる感覚があった。

「どうしてその栞を選んだのか、理由もあるでしょうね。あなたは気づいてる？」

「四つ葉は幸運を。羽根は現状からの飛躍を。ですよね」

「それも間違いではないけど、羽根をモチーフにしたものは、友情を深めた証《あかし》としてプレゼントするものでもあるのよ？」

「そ、そうなのですか」

「ええ。だから、アイツも『あなたとのデートが楽しかった』と伝えたプレゼントだということにもなるわね」

「っ」

そんな意味まで込められていたことを、ルーナは知らなかった。

言葉では『楽しい』と伝えてもらったが、プレゼントにまでそんな意味があったとは気づけなかった。

（……これはまた読書が難しくなりそうですね）

頬に熱が伝う。

「ねえ、これが一番聞きたかったことなのだけど……アイツとデートらしいことはしたの？」

「……手を繋《つな》いで過ごしたことくらいでしょうか」

「て、手を繋いで過ごしたの⁉」

「ですが、エスコートをしていただいただけなので、特別な意味はないですよ。エスコートされる側はこのように過ごすのですよね。お姉さまがそう教えてくださいました」

「ま、待って。……それは少しおかしいわ」

「おかしい、とは」

「エスコートする際に手を繋ぐというのは正しいけど、それは段差があるところとか、足場が悪いとき……が一般的よ？」

「え。でも、お姉さまが……」

「だからその、距離を縮めさせるために騙《だま》したんじゃないかしら」

「…………」

途端、頭が真っ白になる。

エレナの言葉を機に、思い返してみれば……手を差し出した時、彼は困惑していた。驚いていた。

今になって、ようやくおかしなことを言っていたことを知る。

（お、お姉さま……。この件は絶対に許しませんから……）

わなわなとした感情が溢《あふ》れてくる。そして、過去一番の羞恥が襲ってきたルーナだった。

＊＊＊

（彼女、こんな表情もするのね……）

これほど顔を赤くしたルーナを見たのは初めてだった。いや、この顔を見たのは、あたしが初めてかも。

（って、アイツ……ルーナ嬢が可愛《かわい》いからノリノリで手を繋いだんじゃないわよね⁉）

可能性がないわけではない。そう思ったら、無性にモヤモヤしてくる。

「はぁ……。ずるいわよ。あなた。デートをして、手を繋いで、プレゼントまでもらって」

──あたしは、一度もそんなことしたことないのに。

「て、手を繋ぐことに関して、わたしは被害者ですが」

「絶対喜んでいたでしょ」

「そんなことはありません。普通です」

「ふ、ふーん。あたしはアイツに聞くことだってできるんだから」

「……わたしも、エレナ嬢に意地悪されたことを彼に言えます」

「なっ、それはでっち上げじゃない」

「意地悪な質問はされました」

「も、もう……。悪意なんてないわよ……」

無表情で、掴《つか》みどころがないのは間違いないが、『聞かれたくないという感情』と『喜んでいた感情』が伝わってくる。

こうも簡単に気持ちを読み取れるのは、ベレトの話題だからだろう。それ以外に考えつかない。

（本当に気に入っているのね、あなたもアイツのこと……）

ベレトが関わっている者が、次々に惹かれている。弟のアランもその一人。

「……アイツの悪い噂《うわさ》がなくなるのも、時間の問題ね」

「わたしには、理解しかねます。どうして悪い噂が広まり、あれほど恐れられるようになったのかが」

「アイツと関わっているとそうなるわよね。まあ。シアを成長させるために厳しくして……話に尾ひれがついたというのが一番の原因でしょうけど、この件にはベレトのことを逆恨みした令嬢が関わっているかもしれないわね」

「え」

「だってアイツってモテる要素ばかりあるでしょ……？　あっ、べ、別にあたしはそう思っているわけじゃないけど……容姿も……いい方で、性格も悪い方じゃないし、あの身分だし」

侯爵の身分にあやかるために、近づいた令嬢がいるのは間違いない。

一つ下の爵位の、あたしの元にさえ、たくさんのお見合い話がくるのだから。

「だから……アイツに告白をして、断られた令嬢が悪意を持って広めた可能性があるでしょ？　アイツ、秘密主義で褒められるようなことをしても誰にも言わないから、なおさらなのよ」

「なるほど。ありえない話ではありませんね」

「あくまでも可能性のお話だから、鵜呑《うの》みにはしないでね」

「わかりました」

ルーナの返事には、なぜか信憑性《しんぴょうせい》を感じる。

『わかりました』と言ってくれるだけで安心できた。

このタイミングで時計を見てみれば、別れを決めていた時間になっていた。

「……さて、急で申し訳ないけど、そろそろお暇《いとま》させてもらうわね」

「まだ聞きたいことがあるのでは」

「それはそうだけど、そろそろアイツが……アイツが登校する時間だから」

「そうですか」

（あ、穴があったら入りたいわ……。まさかそう聞かれるだなんて……）

別れる際の嘘《うそ》は失礼に当たる。今のように促されたら、避けようがないのだ。

この気持ちを誤魔化すように、あたしは椅子から立ち上がる。

「……同じクラスというのは羨ましいですよ」

「あ、ありがとう。それと……もう一つお礼を言っておくわ」

「と、言いますと」

「今回のお話を通して、無知を貫くというか、押し通せば、アイツとしたいことをさせられることがわかったから」

「それはずるいと思います」

「べ、別にちょっとくらい……いいじゃないの。あ、あたしにだって手くらい繋がせてちょうだいよ……」

急に顔が熱くなってくる。

デート中、おそらくずっと手を繋いでいた相手からの『ずるい』に、思わずムキになってしまった。

「あ、すみません。政略結婚に圧をかけるため、という狙いでしたか」

「ただの願望なのが……恥ずかしいわね」

「え」

ルーナの、呆気《あっけ》に取られた声を聞いて、もう顔を合わせることができなかった。

あたしは椅子を戻して、階段に向かっていく。

(あ……)

この時、言い忘れたことを思い出した。

「ルーナ。最後に一つだけ」

「……」

「──あなたがどう思っているか知らないけど、身分差があるからと言って、周りにも、あたしにも、遠慮する必要はなにもないわよ。だから……ルーナがその気なら、今度一緒にお食事でもして、周りの印象を固めていくのもいいかもしれないわね」

「っ！」

言い捨てて階段を降りていく。賢いルーナならば、これだけで伝わるはず。

正直に言えば、言いたくなかった。素敵な彼女であるばかりに、あたしにとって不利になる言葉だから。

でも──。

（……アイツに釣り合うには、このくらいしないとだものね。……知らないけど）

ふと、ベレトを想像すれば、ムカつく笑顔が浮かぶ。

とりあえず自分の頬を両手で叩《たた》き、教室に戻ることにした。

＊＊＊

「あっ、エレナ様ですっ」

「お、本当だ」

正門を抜け、広々とした校庭からシアと共に教室のある棟に向かっていた時である。

なにかしら用事を済ませたのか、別の棟から出てきたエレナを発見する。

「おーい！　エレナー！」

「っ！　……ねえ、そんな大声で呼ばないでちょうだいよ。驚いたじゃない」

「ご、ごめんごめん」

呼びかけた瞬間、ビクッと肩を揺らし――（ムスッとした顔で）こちらに近づいてくる。

もちろん注意をされたのはベレトである。

「はあ。シアも大変ね。こんな無遠慮なのが主人なんて」

「そっ、そんなことはないですよっ⁉」

「おっ！　そうだそうだ！　もっと言ったれシア」

侍女からの反論は嬉《うれ》しいもの。応援のヤジを飛ばす……が、これは間違っていた。

「まったく……。そうやって親友同士を対立させるような命令をするから、悪いヤツだって誤解されるのよ。あなた頭はいいんだから、そろそろ学びなさいよ」

「た、ただの冗談だって……」

「あなたの冗談を冗談だと捉えられるような人は、片手で数えられる程度じゃなくって?」

「あ、あの、エレナ様……」

「よし! ガツンと言ったれシア!」

フォローが出ると察し、ノリでもう一度挑戦してみたが、やはり間違っていた。

「……」

冷めた視線をエレナから注がれる。シアはなにかを含んだような笑顔を作っている。

「ねえシア。あなたの主人ってなんでこんなに不器用なの? そんな立ち回りをしなくても、シアを置いていくような会話はしないわよ。仮にするなら、ベレトがついていけないようなお話をするわけだし」

「ふふっ、私のことを考えてくださってありがとうございます、ベレト様!」

「……そ、それがわかってたなら黙っててほしかったなぁ。めちゃくちゃ恥ずかしいんだけど」

「あたしもシアもわかってたから言ったのよ。変なテンションになっている時点で気づくわよ」

「えっ、シアも気づいてたの⁉」

「そ、そうですね。えへへ……」

「……」

なにかを含んだようなシアの笑みは、このことだったのかと合点する。

もう羞恥でいっぱいになるベレトは、頰を掻《か》きながら空を見上げる。現実逃避だ。

「あっ、そうそう。どこかの誰かさんのせいで言いそびれたのだけど、その髪飾りとネックレスとても似合ってるわね。シア。初めて見るものだけど、新調したの？」

「これはですね！　ベレト様からいただいたプレゼントなんですっ‼」

「あら〜？　って、どうして早歩きになってるのよベレト」

逃げようとするも、エレナによってすぐ捕まえられる。

シアもまた、主人と別れたくないのか、おずおずと捕まえる。

――そんな仲良さげな光景を二階の図書室の窓から外を覗《のぞ》く才女は、口元を緩めながら観察していたのだった。

あとがき

初めましての方は初めまして！　お久しぶりの方はお久しぶりです！

この度は『貴族令嬢《きぞくれいじょう》。俺《おれ》にだけなつく』をお買い上げいただき本当にありがとうございます。

こちらは第7回カクヨムWebコンテスト、ラブコメ部門の特別賞を受賞した作品になるのですが、わたしがデビューするキッカケになったものが第5回カクヨムWebコンテストの受賞だったので、感慨深いものを感じながらの作業でした。

本作は異世界を軸としたラブコメになっているので、言葉選びなどに苦戦をしてしまいましたが、面白かったと思ってくださる方が少しでもいてくれたら嬉《うれ》しいです。

また、『主人公……なんかいいじゃん？』『ヒロイン可愛いじゃん！』なんて感じていただけたら……作者は喜びます。

また、美麗なイラストを描いてくださったイラストレーターのGreeN様、本当にありがとうございます。

イラストが送られてくる度に、やる気をいただいてました。

そして、本作に関わってくださった皆様に感謝いたします。おかげさまで世に作品を出すことができました。

それでは最後になりますが、数ある作品の中から本作をお手に取ってくださり本当にありがとうございました。

発売日（20日）から新年まで残り約10日ということですので……ちょっぴり早いタイミングになる読者様もいらっしゃるかと思いますが、

『良いお年をお迎えください！』と締めさせていただきますっ‼

夏乃実《なつのみ》

お便りはこちらまで

〒一〇二‐八一七七
ファンタジア文庫編集部気付
夏乃実（様）宛
GreeN（様）宛

富士見ファンタジア文庫

貴《き》族《ぞく》令《れい》嬢《じょう》。俺《おれ》にだけなつく

令和４年12月20日　初版発行

著者——夏乃実《なつのみ》

発行者——山下直久

発　行——株式会社KADOKAWA
〒102-8177
東京都千代田区富士見2-13-3
0570-002-301（ナビダイヤル）

印刷所——株式会社暁印刷

製本所——本間製本株式会社

ISBN978-4-04-074842-9 C0193　◇◇◇

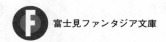

これは世界を救う
久遠崎彩禍。三〇〇時間に一度、滅亡の危機を迎える世界を救い続けてきた最強の魔女。そして──玖珂無色に身体と力を引き継ぎ、死んでしまった初恋の少女。
無色は彩禍として誰にもバレないよう学園に通うことになるのだが……油断すると男性に戻ってしまうため、女性からのキスが必要不可欠で!?
シン世代ボーイ・ミーツ・ガール!
王様のプロポーズ
1
King Propose
橘公司
Koushi Tachibana
[イラスト]──つなこ

最強の初恋
シリーズ
好評発売中!
ファンタジア文庫